Kadokawa Fantastic Novels

巴納德
傑佛瑞
維多利亞
諾娜

邁克
克拉克
艾德華
登場人物介紹
Characters

「出來，
乖乖投降就網開一面，
展開攻擊就別想活命。」
我在錯身而過時往男子
慣用的左腳膝蓋上深深劃下一刀，
他發出慘烈的叫聲，但這是他自找的。
我腦中閃過一個念頭，不知諾娜目睹戰況，
有沒有學到體格與戰鬥能力其實關係不大。

World Map
艾許伯里王國
蘭德爾王國
王都
哈格爾王國
史巴陸茲王國
西境森林
王都
牧場
公爵領地
海登
漁村
加迪斯

奇招百出的維多利亞

Vol. 02

守雨

Presented by Syuu

CONTENTS

序章 ★ 在瀋國

我現在正在環視住了五年的瀋國別屋內部，屋子裡有許多在瀋國購買的物品。

回國之後，可能有一陣子要下榻飯店，或者要借住艾德華先生的宅邸，因此帶回國的行李能輕便就盡量輕便。

「諾娜，妳選好要打包什麼了嗎？」

「選好了，要帶回去的都塞進這個旅行包了。」

那個旅行包很小，裝不下多少東西。

「只有這樣嗎？」

「嗯，我無論如何都想帶回去的只有這些。」

她說著，讓我看了包包內部，裡面只有三樣東西。

其中一樣是借宿家庭的兒子伊留送給她的翡翠獅子，另外兩樣則是瀋國武術的練武服，以及用瀋國語書寫的精美裝幀書。諾娜對物品沒什麼執著。

「妳可以多帶一些走啊。」

「不用了，對我而言珍貴的是和我一起練武的同門、這裡的庭院和養在池子裡的漂亮魚群，都是我帶不走的東西。而且我最重視的是媽媽，如果能跟媽媽一起生活，我就別無所求了。」

我忍不住輕輕抱住諾娜，身子整個抽高的她呵呵笑了。

諾娜實在太可愛，我們先暫緩打包，一起在這個借住了五年的房子庭院繞繞。小小的假山上栽種著花草，池塘上架著一座紅色小橋，五顏六色的大魚在池塘裡悠游。

「瀋國怎麼樣？妳這五年開心嗎？還是很懷念艾許伯里王國？」

「很開心喔！最開心的就是能學瀋國武術，和媽媽教我的體術有很多差異，這一點很有趣！」

說完，她笑著露出一口白牙。在瀋國的期間，她的乳牙幾乎都換成了大人的恆齒。

「媽媽，今天是在這棟宅邸的最後一天，我要告訴妳我的祕密。」

「好，我很想聽。」

（是她撿到漂亮石頭後藏起來的地方嗎？這我已經知道就是了。）

諾娜笑瞇瞇地帶我來到後院。

走到後院的一角，來到收納清掃用具的倉庫前面後，諾娜鑽進倉庫和外牆之間的縫隙。

「等等，諾娜，是那裡？妳藏了什麼嗎？」

「在給妳看之前我要保密。」

「……我知道了，那我也跟妳一起進去。」

諾娜按捺著笑意，鑽進狹窄的縫隙。來到倉庫正後方時，諾娜想搬動一個倒扣在地上的大型金屬水盆。

「媽媽，幫我抬起來。」

我們一起抬起來之後……

「咦！」

「我就說吧？嚇到了吧？」

地面上有一個用磚塊補強的洞，大小勉強能容納一個成年人。

「諾娜？妳有進去過這裡吧？這個洞穴是通往哪裡？」

「洞穴會跨越道路，通到對面人家的後院喔！」

「是伊留告訴妳的吧？妳曾利用這條通道溜去外面很多次嗎？」

「嗯，我和伊留去了附近的店家，買點心或烤肉串來吃。」

他們倆透過通道去外面吃吃喝喝，一定很好玩吧。

我有滿肚子的話想說，但在她吐露祕密後馬上斥責她似乎不是個好主意，因此我忍了下來。

我跟著諾娜進入通道，洞穴從縱向變成橫向，我彎腰前行，來到隔壁空屋的後院。小孩走這條通道一定會很興奮，肯定沒錯。

「對了！媽媽，妳身上有帶錢嗎？」

我隨時隨地都帶著瀋國的貨幣。諾娜看到我從胸前取出硬幣，表情亮了起來。

她帶我去了在地人會去的攤販街。走在瀋國語交錯的攤販街上，我一方面錯愕（妳竟然跑來這麼遠的地方），一方面懊惱（我也好想常常來這裡！）。後來我們東買西買，品嚐瀋國的庶民小吃，價格便宜得驚人卻美味到令人心花怒放。沾著醬汁的肉串、麵粉做的圓蒸饅頭裡添加了豐富的辛香料，包著豬肉和蔥，還有口感蓬鬆如絲線團的糖果。

帶殼的蝦子用厚重的鐵板壓煎成片狀，口感酥脆又有濃郁的蝦香味。「好想讓傑佛也嚐嚐這些！」

我毫不遲疑地將所有種類的小吃都買了先生的份。

「這好好吃，沒想到蝦子有這種吃法。原來諾娜和伊留曾做過這種事啊？我也好想跟妳們去祕密通道探險，比起去外面到處打招呼好玩多了。」

傑佛不但寵我，也寵諾娜，他吃著酥脆的蝦子笑著說。

在地人常去的小吃店裡，點心與串燒的種類豐富，每一樣都真的很美味，我沒去過這類的店家，因為潘國人帶我們去的都是高級餐廳。雖然高級料理也十分好吃，但若還有機會再訪潘國，我想一直去諾娜告訴我的攤販街。

「竟然在回國前一天才發現這樣的樂趣！真是不甘心，都讓我想搥胸頓足了。」

我忍不住這麼說後，傑佛瑞又笑了。

明天終於要出航。

我們一家人即將返回艾許伯里王國。

第一章 歸國與重逢

時隔五年歸國，艾許伯里王國是雨天。

我在這裡住不到一年，卻莫名有種「回到家」的心情。

站在我身邊的女兒諾娜在這五年長得很高，大概馬上就會追上我了。她天天練武，身體精壯結實，金色長髮綁成寬鬆的麻花辮，垂在右肩前。

「安娜，下雨天走舷梯時很容易滑倒，妳抓我的手臂。」

「謝謝你，傑佛。」

傑佛瑞完全沒有高大男人笨手笨腳的感覺，總會為了保護家人採取行動。諾娜看著這樣的我們，微微露出苦笑。

她肯定是在想（爸爸又太保護媽媽了）。

從瀋國的商船下船的乘客很少，我們是最後一批。

「爸爸，那個人是來迎接我們的嗎？」

碼頭上有一名眼熟的棕髮男性，中等體型的他撐著傘，抬頭望著我們走下舷梯。

我們三人在入境管理所辦完手續後往外走，一輛黑色塗裝的馬車停在我們面前，剛剛的男子撐著傘站在馬車旁邊。

他是五年前替我們辦理手續，送我們去瀋國的邁克先生，也是艾許伯里王國的諜報員。

「歡迎回國，亞瑟先生。我是邁克，是來迎接三位的。」

「邁克先生，謝謝你遠道而來迎接我們。」

「這是應該的，亞瑟先生。看到安娜小姐和諾娜小姐都過得很好，真是萬幸。諾娜小姐已經長大許多了呢。」

「是，我還差一點就要追上媽媽了。」

「這樣啊，妳已經蛻變成一位小淑女了呢。」

「謝謝稱讚。」

我和傑佛瑞互望了一眼，忍住笑意。

目前我們夫妻倆最掛心的是諾娜的淑女教育。諾娜本人應該有注意到我們的表情，卻一臉不關己事的樣子。

「我們會在前往王都的路上下榻旅店，在這路途中，我想告知各位一些消息。」

上好的馬車在紛紛細雨中平穩地前行。

雨滴匯集成細流，滑落馬車的玻璃窗。透過玻璃窗，可以窺見艾許伯里王國的街景。看到這懷念的景色，我的神情不禁放鬆下來。

「首先，有幾件三位出國後調整過的事項。」

「好。」

「官方對外的說詞是『維多利亞．塞勒斯慘遭強盜殺害』，但是妳返回王都後會再次與舊識來往，到時候請使用『安娜．維多利亞．亞瑟』這個名字。」

我對「維多利亞」這個名字有特殊的情感，聽到它變成中間名，我很詫異。

「唉呀，維多利亞這個名字可以留下來嗎？」

「我的上司認為若是改名換姓，知道『維多利亞』的人們會心生疑竇。過去妳曾對誰介紹過自己，以後重新來往時，像往常一樣自稱為維多利亞即可。倘若被問到『安娜』這個名字從何而來，請回答『其他國家的權貴看中了我，所以我當時隱姓埋名，只以中間名示人，細節不便多談，敬請見諒』。」

原來如此。

只要搬出「請見諒」這句話，對方就會自行想像出各種可能，這是很高明的託詞。

只要傑佛瑞的家人接受，我都無所謂。

諾娜一邊眺望窗外一邊聽著大人們的對話，她在瀋國十分熱衷於武術訓練。

在艾許伯里的時候，諾娜整天和我在一起，但是在瀋國，她更常與借宿家庭的兒子和傭人們相處。

諾娜一開始樂於在遼闊的宅院中探險，但是徹查完宅院後，她開始與護衛們一起學習武術。

宅院的護衛們發現金髮美少女跟得上自己等人的訓練，都又驚又喜，十分熱心地教她。

赴瀋的五年轉眼即逝，在即將回國時，我們一家三口已經能講出一口流利的瀋國語，諾娜的武術本領也進步到令人咋舌。沒錯，是「令人咋舌」。

「媽媽，我想早點教克拉克少爺瀋國語。」

「這樣啊，克拉克少爺一定會很高興。諾娜，妳應該知道……」

「我知道，我不會再對克拉克少爺使出膝擊了，也不會使出正拳或迴旋踢，放心吧。」

正在和傑佛瑞說話的邁克先生聽了一臉震驚，傑佛瑞則是露出苦笑。

「安娜小姐，剛剛那番話是什麼意思？」

「在瀋國的期間，諾娜一直埋頭習武。她的本領在這五年突飛猛進，讓我忍不住操心。」

「習武到小有自信的階段時是很容易貿然胡來，不過諾娜早就過了那個階段，所以沒問題的，邁克先生。」

邁克先生聽到我和傑佛瑞的回答，小聲呢喃：「不，該操心的不是那個問題。」我知道他想表達什麼，他擔心的是：「她是未來的子爵千金，有做好貴族千金的教育嗎？」

我是教過她千金小姐的修養，不過我們夫妻的結論是：「淑女教育等回國後還可以學，但是瀋國武術只能在瀋國學，因此諾娜能以學習武術為優先。」

在諾娜十歲生日的那天，我就如實告訴她：「我逃避的對象其實是哈格爾王國的諜報員組織，雖然應該已經不要緊了，但還是不能掉以輕心，妳最好也學習防身術自保。」這也是我和傑佛討論過後做出的判斷。

諾娜聽著我們和邁克先生的對話，一本正經地插嘴說：

「邁克先生，別擔心，武術老師叮嚀過我：『妳若把武術用在比自己弱小的人身上，從那一刻起，妳就等同於被我逐出師門了。』」

「這樣啊，原來如此。」

邁克先生咬住臉頰內側的肉，忍著笑意。我家女兒特別出格，真是抱歉。

單純看外表的話，我家諾娜是上得了任何檯面的貴族美少女，金色長髮光澤亮麗，肌膚雖然曬得有點黑但十分細緻，藍灰色的眼睛相當知性，儀態也端正。

雖然舉手投足有點太過不拘小節，不過只要學會淑女的禮儀就能掩飾過去了，沒問題的，應該吧。

我們搭乘的馬車在雨中平穩地前行，在前往王都的途中下榻旅館過夜。

在這段期間，精力過剩的諾娜在不容易被看到的旅館後院練習瀋國武術，也與我或傑佛鍛鍊體術。

邁克先生一開始在旁邊觀察，但觀察到一半，似乎按捺不住了。

「不好意思，請問可以讓我加入嗎？因為維多利亞小姐的體術和諾娜小姐的瀋國武術，都和我國的體術略有不同。」

「你想跟我們過招看看嗎？」

「對。」

我們沒有理由拒絕，因此決定我先與邁克先生過招，再換諾娜和他訓練對打。

正式開始過招前，邁克先生不希望諾娜聽見，壓低音量詢問我問題，因此我也小聲回答。

「維多利亞小姐，妳擅長的武器是？」

「是短劍，不過我在實戰中幾乎沒使用過。」

「我懂，愈是傑出的諜報員，就愈不會被逼到需要使用武器的地步。那請妳用入鞘的短劍吧。我一直很想跟妳過過招，畢竟能和其他國家的前王牌交手是千載難逢的經驗。」

平常少有情緒表現的邁克先生雙眼炯炯有神。

「那我開始了。」

我說完，拿著刀跑近邁克先生。

我先攻擊他的慣用手跟腳。先看向他的右腳使出踢擊，但這是幌子，我看準的是他對我的視線做出反應，準備防守右腳的瞬間。

愈是熟稔這種訓練的人，愈會下意識地對敵方的視線做出反應。諜報員的身體反應本來就會先於思考，要不然馬上就會喪命。

我在組織練武時，常常利用「老手更會受騙」的這項特點。

在對方對我的視線做出反應、想採取行動時，我的短劍已經狠狠砍上其他部位了。我久違地嘗試了這一招，果不其然，邁克先生也下意識地對我的視線做出了反應。

「好，你的慣用手已經廢了。」

「奇怪？」

邁克先生一臉錯愕，自己的右手被短劍劍鞘用力砍上，讓他大吃一驚。

「奇怪？奇怪？」

「呵呵呵。」

「媽媽贏了！」

「身手矯健是我的唯一長處。」

「維多利亞小姐，不好意思，可以再來一次嗎？」

「咦咦咦，下一場我想和邁克先生打。」

「好啊，那就換人吧。」

邁克先生還想跟我過招，但是剛才那一招用個兩、三次就會被看穿，要用最好只用一次。未來大概沒有與邁克先生對打的可能，不過我還是到一旁看諾娜與他交手。

我想客觀地評估諾娜的身手一次。

邁克先生拿捏不到諾娜的實力，有一點猶豫不決，他這樣會輸給諾娜啊。

邁克先生的體重大約六十八公斤，諾娜是四十公斤左右，因為有體重差距，諾娜的飛踢與肉搏效果看起來不顯著。

不過如果這是實戰，邁克先生現在大概已經滿身刀傷了。

「我完全沒有教過諾娜怎麼使用武器，不過她要是使用小刀，嗯，就會更……嗯。」

瀋國的武術老師沒有把話說白。老師帶著溫和的笑容講出如此驚悚的話，真想聽聽他全盛時期的英勇事蹟。

在我遙想往事的時候，勝負已經揭曉了，邁克先生目瞪口呆。

「等等，等一下。」

「唉呀，這就代表你投降了吧，邁克先生。」

「太好了，我贏邁克先生了。」

輸給諾娜的邁克先生垂頭喪氣，氣喘吁吁。

而不斷活動、持續攻擊的諾娜眉開眼笑的。

她不需要助跑就可以跳得很高，還會在牆上跑出半弧形，從對手頭上進攻。與諾娜過招會累得不得了，然後在你因為筋疲力竭而行動遲緩時，就敗給她了。

我每次都很詫異，不知道這麼纖細的身軀哪來的持久力。

諾娜要求道：「我贏邁克先生了，給我獎勵。」因此得到了一顆類似小紅球的物品。邁克先生從口袋中取出漂亮的紅球，笑瞇瞇地與諾娜聊天，他們看起來都很高興。雖說我平常就有在練武，但是諾娜的天賦與日積月累的努力結晶出乎我的意料。畢竟邁克先生是專業的特殊任務部隊人員，身為母親我以她為榮，但她過於驚人的身手也不免讓我心想：（這樣真的好嗎？）

前往王都的這一趟旅程，我也很樂在其中。

馬車抵達王都。

我們一家人被安排住進貴族街東區的宅邸。

新家在艾德華先生家附近，共兩層樓，不但具有歷史感又相當雅致。庭院有草坪、花壇，還種了許多樹木。

「亞瑟子爵家不會受封領地，是以宅院和土地代替。令兄艾德華先生希望你們歸國後能立刻有地方落腳，因此選了這處宅邸，同時也聘請了最低限度的傭人。」

諾娜下了馬車，還沒聽完邁克先生的說明就往房子衝過去。

在諾娜跑到玄關前，已經有人從屋內開門，一名外表敦厚的中年女性出來迎接我們。

「歡迎回來，老爺、夫人、大小姐，恭候三位大駕，我是侍女瓦莎。」

「請多指教，瓦莎，這孩子是諾娜。」

玄關裡擺著花，地板也磨得晶亮。

「邁克先生，我可以去向認識的人報告歸國的事，並向他們致歉嗎？」

「沒問題，那我就先回王城了，這段旅程十分開心。」

邁克先生說完就離開了。

衝上二樓去的諾娜衝下樓梯，姑且以優雅的儀態目送邁克先生離去。接著她一臉雀躍地抬頭看我。

「媽媽，我的房間很可愛，妳過來看！」

「是嗎？是什麼樣的房間？」

我和諾娜興奮地在屋內逛了一圈，在這期間，馬車上的行李已經卸下並拆封，各式物品各就各位。

傑佛立刻進書房開始處理公務。

好，離晚上還有一段時間。

「諾娜，距離晚餐還有很長一段時間，我們去約拉那女士那裡打個招呼吧？就算沒有事先約好，我想她也不會見怪。」

「我要去！蘇珊小姐還在那裡工作嗎？」

「應該是吧，那我們直接出發，不必換衣服了。」

「好耶！不對，是『我很樂意，母親』。」

「好，及格。」

「我去王城報告歸國喔。」

「路上小心，傑佛。」

由於身體在漫長的舟車勞頓中怠惰下來了，我們本來想徒步前往約拉那女士家，不過還有想送的伴手禮，最後還是搭乘馬車。

轉眼之間抵達目的地，約拉那女士的宅邸和別屋一如往昔，還是我們離開時的模樣。我既懷念又愧疚，光是站在大門口就泫然欲泣。

五年前，約拉那女士不只以極低價將別屋租給來路不明的我，對我和諾娜更是寵愛有加。雖說當時是有生命安危之虞，但我卻只留下一紙字條就不告而別。憶及當年的種種就讓我滿心糾結。

蘇珊小姐似乎是聽到了馬車聲，她走出玄關，一看到我們就對屋裡大喊。

「夫人！維多利亞小姐和諾娜小姐來訪了！」

諾娜不發一語地衝向蘇珊小姐，然後以差點推倒她的力道緊緊抱住她。

我走到玄關的同時，約拉那女士出現了。個頭嬌小的她一看到我就走過來，強而有力地抱住我。

「我回來了，約拉那女士，當時真的……」

「沒關係！沒關係，一位叫邁克的先生大致跟我說過了，妳有妳的苦衷，不必愧疚。妳能像這樣平安歸來就好了。」

約拉那女士說完抬頭看我，她如此寬宏大量又溫柔，讓我百感交集。

「啊啊，太好了，維多利亞，妳看起來過得不錯，我之前就聽說濬國的船差不多要靠岸了。唉呀，這位美麗的小姐是諾娜嗎？諾娜，妳還記得我嗎？」

「當然記得，約拉那女士，好久不見。」

諾娜剛剛緊緊抱住了蘇珊小姐，但是轉向約拉那女士時，只稍微提起裙襬向她致意。諾娜的眼睛很紅，蘇珊小姐是她少數從一開始就敞開心房信任的對象。

「蘇珊，別在那裡哭了，巴納德先生要等到不耐煩了。」

「唉呀，巴納德老爺也來了嗎？」

「對，他很想見妳們，快點進來吧。」

巴納德老爺站在客廳裡等我們。

「巴納德老爺！」

我和諾娜飛奔過去，巴納德老爺將拐杖扔到地上，以雙手抱住我們。

「歡迎回來，我好想妳們。維多利亞完全沒變呢，諾娜已經亭亭玉立了。」

接下來就是你一言我一語聊個不停。

他們兩人早就得知我們的新家就安排在附近，約拉那女士說：

「找房子的人很有眼光，那棟宅邸是個寶啊。」

她誇讚道。

約拉那女士說諾娜和我消失之後，她很擔心可能因此沮喪消沉的巴納德老爺，於是頻頻去拜訪他，後來就成為了會到彼此家裡作客的茶友。

巴納德老爺除了現在要使用拐杖之外，看起來過得很好。

我送給他們濬國的香爐和薰香，並當場點燃，讓大家一起品香。

暢聊完後，巴納德老爺有點不好意思地問：

「維多利亞，妳即將成為子爵夫人，我是不是不能再拜託妳當助手了？」

我很想立刻回答「這是我的榮幸」，但是我沒有。

以前的我要為自己的所有行動做決定，為所有結果負責就好，但是今非昔比，現在的我最重要的任務就是保護家人，既然如此，我應該先詢問將與我攜手共度下半生的傑佛瑞。

「我還想繼續當巴納德老爺的助手，不過我要先和傑佛商量看看。」

「是嗎？抱歉，妳剛回來就麻煩妳，但我有些資料想請妳翻譯。」

「爸爸一定會答應的，因為爸爸不會拒絕媽媽的要求。」

巴納德老爺聽到諾娜的回答，笑了。

「是嗎？傑佛已經是妳父親，妳們兩個都是我的親戚了啊，真開心，太開心了。」

他笑著說。

「我也很高興，巴納德老爺。今天我們先告辭了，我之後再烤小羔羊，就像以前一樣，時不時一起用餐好嗎？」

「不錯呢，嗯，好期待，畢竟妳的烤小羔羊屬實一絕。謝謝，我很期待喔。」

時隔五年的重逢相當愉快，時間一轉眼就過去了。

我們依依不捨地告別，返回新家。

等傑佛瑞從王城回來後，大家一起共進晚餐。餐點一道道端上桌，我們大快朵頤，這位廚師的手藝十分了得。

今晚我和傑佛的話題是巴納德老爺和約拉那女士。

「舅舅過得很好是嗎？我明天從王城回來時也去見他一面。約拉那女士也無恙真是萬幸。」

「傑佛，我可以繼續當巴納德老爺的助手嗎？他提出了邀請。」

「妳和舅舅已經是親戚了，沒有任何問題，而且舅舅獨居，妳常去看他也算是幫了我的忙。」

我鬆了口氣，諾娜則吃著奶油煎牛肉笑著說：

「對吧，我不是說了嗎？爸爸才不會反對媽媽去做想做的事。」

「家兄差不多回到家了，我們走去他家打個招呼，也當作消化吧？」

「好啊，非常感謝他為我們準備這棟房子。」

但我們一家三口到亞瑟伯爵家時，艾德華先生還沒返家。

我們向老夫人和伯爵夫人布蕾斯報告歸國一事，接著我向她們賠罪，一是為了家人因為我的個人因素赴瀋五年，二是婚前我不但沒有來拜訪她們，連見面都沒辦法。老夫人和布蕾斯女士都說：

「沒事沒事，那是因為傑佛瑞無論如何都想和妳長相廝守啊，妳沒必要苛責自己。」

心胸寬大的她們原諒了我。

「明天我們一起去愛瓦家問候一下吧。」

「爸爸，可以見到克拉克少爺嗎？好期待！」

「克拉克少爺已經十八歲，是大人了呢，應該也長很高了吧。」

那一晚，諾娜遲遲無法入睡。

半夜我聽到一些聲響，去諾娜的房間看了一下，發現她在房間裡練習瀋國武術的招式。

「諾娜，妳應該知道，絕對……」

「我不會隨便使出來，也不會讓別人看到，這樣可以吧？」

「好。」

「我從頭複習一遍就睡了，媽媽，妳不用擔心。」

「好吧，那晚安了。」

我回到臥室小心地躺到床上，以免吵醒傑佛瑞，然後依序回想起今天遇到的人。

沒有任何人提起我膝下無子的事，我很感謝他們心照不宣的體貼。

瀋國的醫生說過：

「這是我的推測，有可能是因為妳本來就很瘦弱，又勉強自己減重，傷到了身體。」

這也無可奈何，當時為了脫離組織，我必須裝出消瘦的模樣。若有小孩是會很高興，不過我現在已經心滿意足了。與心愛的家人共度平穩的生活，這是我一直以為自己無法肖想奢望的人生。

本以為傑佛睡了，他卻突然開口：

「諾娜怎麼了嗎？」

「她好像睡不著，大概是運動量不足吧，她在練習招式。」

「呵呵，這樣啊。妳也累了吧，早點睡。」

「說得也是。晚安，傑佛。」

「嗯，晚安，安娜。」

我在傑佛的懷裡進入夢鄉。

第二章 冒險小說《失落的王冠》

隔天上午，我們一家三口前往安德森伯爵家問候。

愛瓦女士以「帶著淚水的燦爛笑容」迎接我們，非常有她的風格。

「維多利亞！歡迎回來！也恭喜你們結婚。」

「愛瓦女士，當時突然銷聲匿跡，真的非常對不起。」

「沒關係，反正我們又見到面了。邁克先生來跟我解釋過情況了，要我別對外透露妳的事。妳放心吧，別看我這樣，我口風很緊的。」

「愛瓦女士……」

我滿心感激又愧疚。

看到傑佛用溫柔的眼神注視著我，愛瓦女士對他說：

「傑佛，聽說去瀋國是很倉促的決定。」

「是啊，非常倉促。」

「你因為安排藥品進口有功，要受封子爵了吧？恭喜你。」

「謝謝，但封爵應該還要等一陣子。」

諾娜向愛瓦女士和克拉克少爺問好後，臉上掛著優雅的微笑站在一旁，應該誰都想不到她昨晚還穿著睡衣，複習武術招式。

克拉克少爺完全長大成人了，不知道這五年來，他到底長高了多少，現在應該有一百八十公分，而且他這個年紀還會長高。

「克拉克少爺，你現在長得儀表堂堂了呢。」

「老師，託您的福，我徹底克服了討厭外文的心魔，現在學習各國語言變成我的興趣了，真的很感激老師。我現在在處理外國文書的部門擔任文官。」

克拉克少爺的聲音變成熟了。看到諾娜時，他露出了一絲詫異，但是與靜不下來的諾娜相比，他沉穩許多。

那個瘦弱又怕生的可愛少年消失無蹤了，讓我有點落寞。

傑佛接下來要進王城辦事，我們叨擾沒多久就離開了安德森家。道別時，克拉克少爺似乎想對諾娜說什麼，但是她沒注意到。

「那我們先告辭了，愛瓦女士、克拉克少爺。」

諾娜打完招呼就轉身離開，我和傑佛跟在她身後。

「傑佛，我和諾娜要走去巴納德老爺的宅邸。」

「是嗎？那我就直接搭馬車去王城了。」

「爸爸，路上小心。」

「嗯，我出發了。」

我和諾娜走在王都的市區裡。

「諾娜，妳打完招呼後太快離開了，那樣很沒禮貌。」

「媽媽，因為我很失望，克拉克少爺變了。」

「他的外表是變了沒錯，但是妳為什麼失望？」

「我有一大堆關於瀋國的事想跟他說，但是克拉克少爺不是興趣缺缺的樣子嗎？」

「嗯～是嗎？」

「算了，瀋國的事我拿去跟巴納德老爺說。」

或許是克拉克少爺十分成熟穩重，不會天真又喜出望外地說：「能見到妳太開心了！」同時又過於年輕，無法適時回應諾娜的話題。不過這是他們兩個年輕人之間的事，我就別插嘴了。

我們來到巴納德老爺家，環境還算整潔。我如此心想並環視四周時，巴納德老爺解釋道：

「我請了女傭定時來替我打掃，她準備好晚餐和早餐就會離開。」

「這樣啊，那我就別插手了，不然對她很失禮。」

我其實很想拿抹布把每個角落擦乾淨，但女傭發現被重新打掃可能不太愉快，我就此忍了下來。

巴納德老爺和我開心地聊天時，一旁的諾娜盯著桌上的一本古書，好像很想讀它。這時，巴納德老爺說：「妳可以看看喔。」諾娜就笑眯眯地讀起這本古書。

深藍色的皮革封面上，燙金的書名寫著《失落的王冠》。

《失落的王冠》是一部知名的冒險小說，不只這個國家，在鄰近國家都有翻譯出版。內容是描述主角奉國王之命，旅赴各地尋覓許久以前失竊的王冠。

主角費盡力氣尋尋覓覓之後尋獲了王冠，卻遭到保護王冠的人們攻擊，他只好放棄辛苦找到的王冠，驚險逃生。最後他沒有找回王冠，但是在一名善良女子的照顧下，心懷幸福地結束了人生。

「諾娜讀的這本書，是帶領我的人生走進書本世界的作品。」

「我記得《失落的王冠》的作者是這個國家的人吧？」

「是啊，這個故事是大概一百年前寫成的，當時的書大多淨是關於宗教或學術研究，娛樂書籍相當罕見。不過，最罕見的不是這一點。」

「巴納德老爺，我會找找看哪裡罕見的，所以請不要說出來。」

我湊近在長椅旁閱讀的諾娜，看看書的內容。

我們一起閱讀這本書。諾娜有股甜甜的髮香，以及塗在嘴唇上、含有蜂蜜的蜜蠟氣味。

故事寫在羊皮紙上，手寫的字跡娟秀。每張左頁的左上角都畫著精緻的插畫，是植物或小鳥，但顏料沒有褪色，如今仍為頁面增添美麗的風采。

諾娜專注地讀了一陣子後抬起頭來。

「這本書的用詞太拗口了，好難懂。巴納德老爺，以前人都是這樣講話的嗎？」

「用詞確實比較古老，當時的書籍詞彙都是這樣的。維多利亞，妳覺得呢？」

「用語是比較古老，但是內容與我所知的一致。」

「只有這些感想嗎？」

「我發現有幾個單字拼錯了。我只讀了一點，這本書寫對了又難又長的單字，卻拼錯了連小孩都不會搞錯的幾個簡短單字。」

巴納德老爺露出滿意的微笑，遞給我另一本同名書籍。這一本的材質也是羊皮紙，但是比諾娜讀的那一本新。我接過來翻閱內容。

「新版書籍的插畫變少了，改成了人物插畫，拼音錯誤也都被修正了呢。」

「沒錯，現在給妳的這一本是後來的手抄本。」

「手抄本是過了很久才出嗎？」

巴納德老爺緩緩點頭。

「沒錯，有錯字的那本是作者親手寫的書。讀他的文章就知道他相當有學養，不覺得這樣的作者拼錯簡單的單字很奇怪嗎？我猜這些錯字可能別有深意，取得親筆書後，我一直在鑽研拼錯的單字，但是看來我好像沒有解謎的天分，又或者一切只是我的幻想。」

錯字別有意義？難道是指密碼嗎？

「所以巴納德老爺認為作者寫書的時候，是刻意拼錯這些字的嗎？」

「嗯，我猜這個作者，埃爾默．阿奇博德是想透過拼錯的字，向讀者傳達些什麼。」

巴納德老爺小時候就很喜歡埃爾默的作品，央求父母買下埃爾默的全套作品來閱讀。

我也知道埃爾默．阿奇博德這個人，《失落的王冠》在我的母國哈格爾王國也是名著小說。

「我原本很希望將來能造訪《失落的王冠》的故事舞台，但是我一心鑽研我國的歷史，不知不覺就這把年紀了。一想到此生無望就遺憾無比，畢竟那是我小時候的夢想啊。」

「巴納德老爺知道這部小說的舞台是哪裡嗎？」

「就我的解讀，應該是我國與史巴陸茲王國之間的遼闊森林地帶，也就是西碧爾森林那附近。」

我記得傑佛過去是第一騎士團團員的時候，戰場就是在西碧爾森林。

「是那片森林地帶啊？有些民族把那一帶當聖地在守護吧？」

「是啊，虧妳知道這件事。」

「我是聽傑佛說的，那裡是他的傷心之地。」

「嗯，是啊，那是傑佛他們過去的戰場。」

其實我在這本書中發現第四個錯字時，也心想（會不會是密碼？），還苦笑地認為是職業病犯了。

我原本以為（一百年前寫的密碼應該比現代使用的簡單許多），但只稍微讀過一點，還是想不到解密的關鍵規則。

我還是諜報員時，有一段時期基於興趣和實用性，而迷上了解密。

我小時候就喜歡從事需要細膩心思的工作，聽說想將我拉拔成諜報員的前上司藍寇也是因為我在地上畫出了精緻的畫作而注意到我。針線活、精緻的畫作、從文章中解讀出固定的規律，我喜歡精進武藝，也同樣喜歡專注於這些細膩工作的時光。

就這方面的經驗來說，如果這本書藏有密碼，那可以假設兩件事。

一、如果密碼是寫給特定對象看的。

若只有特定對象擁有解密的金鑰，讀者成功解讀的難度非常高，因為能設下極為複雜的規則。

二、如果密碼是寫給不特定對象破解的。

太難的密碼沒有任何人能找到答案，所以密碼不會過於複雜。

那麼，若這本書中藏有密碼，會是哪一種？

「我已經投降了，所以如果妳願意，要不要挑戰看看？」

「感覺是很有趣沒錯，不過暢銷小說家的親筆稿要價不菲吧？」

「比起在老人家裡終老生灰塵，這本書更希望被妳們閱讀才對。沒關係，妳就帶回去讀吧，這是我送妳的結婚賀禮。」

於是我就把一百年前親筆書寫的冒險小說《失落的王冠》帶回家了。

「媽媽，我可以看這本書嗎？」

「可以啊，不過這本書應該非常昂貴，可以的話，最好戴手套喔。」

「咦咦，好麻煩。」

「別這樣說，弄髒書的話，對巴納德老爺很抱歉。」

「好～」

諾娜一邊抱怨「用詞好怪」、「字好難讀」，一邊專注地讀起《失落的王冠》。

不過，當我向傭人說明完用餐與就寢時間等大致的生活習慣，走進客廳時，諾娜已經單手拿著書，在長椅上睡著了。

諾娜的金色麻花辮鬆開，亮麗長髮從沙發上流洩而下，宛如一條金色小河。她的睫毛與眉毛都是金色的，嘴唇則是櫻桃紅，臉頰上有著汗毛，就像桃子一般。我可愛的諾娜。

我替諾娜蓋上毛毯，請瓦莎在暖爐生火。我拿起諾娜在讀的書，坐到旁邊的椅子上。羊皮紙書飄散著羊皮的氣味，手寫的筆跡秀麗，裝幀高雅，感覺得到手工有多精細。我好像稍微能理解古書收藏家的心情了。

我一邊閱讀，一邊將藉由文章裡的錯字，注意到的地方全數寫下來。

頁數、行數、單字位置、拼錯的方式，我想從各種角度找出規律。

但是無論從哪一個角度切入，都找不到錯字中的一定規律。

「果然是單純的筆誤嗎？」

在我開始這麼想的時候，傑佛到家了。

「你回來了。」

「我回來了，我把在濤國製作的商會報告交出去了，這樣在封爵典禮前就有一段時間能休息了。」

「畢竟我們在那裡五年，幾乎都沒有真的放到假啊。」

「是啊，就算沒休假，只要能跟妳一起生活，我也一直欣喜萬分就是了。」

他說著，溫柔地抱緊我。他使用的綠色植物系古龍水和他的味道融合在一起，非常宜人。

雖然最近不免慢慢習慣了，新婚不久的時候，他常常擁抱或親吻我，我每次都有點驚慌失措，而他總是喜孜孜地看著慌亂的我。

我對傑佛的親密舉動感到不可思議，忘記是什麼時候了，我曾問過他。

「真沒想到你是會這麼常做出親密舉動的人。」

「我是想在能傳情達意的時候把握機會而已。」

都是因為傑佛瑞的未婚妻驟然離他而去嗎？還是因為他看著貌合神離的父母長大？

聽到傑佛瑞的回答時，我想起他的過去，感到不捨。

逝去的時間雖然無法倒轉重來，但只要告訴他，今後我會用盡全力愛他就好了。我想給予傑佛小時候得不到的愛意。我在內心祈願，並輕輕回抱住他。

「對了，家兄今晚要過來，因為我們過去時他不在。還有這間房子是他挑的，想問住起來如何。」

「我知道了。」

他應該已經聽邁克先生說過我是個來自外國的平民，背景還很棘手。

無論是基於伯爵家當家的身分，還是身為疼愛傑佛的哥哥，他都有千萬個理由拒我於門外，但我從沒聽說過他反對我們結為連理。光是如此，我就十分感謝他了。

艾德華先生在晚餐結束的時間來訪。

「嗨，維多利亞，看到妳過得很好真是萬幸。這間房子住起來怎麼樣？」

「艾德華先生，房子非常舒適，我還以為歸國後得從找房子開始，真的幸好有你幫忙，謝謝。」

「諾娜也喜歡這裡嗎？」

「喜歡，這間房子到處都有小房間，很好玩！」

「就知道妳一定會這麼說，很適合玩捉迷藏吧？」

「什麼捉迷藏？我已經十二歲了，而且又沒人跟我一起玩。」

「嗯？」

「克拉克少爺長大了。」

「哈哈哈。」

艾德華先生開懷大笑，他先聲明「這是祕密喔」，並告訴我們克拉克少爺當時的情況。克拉克少爺在我們突然銷聲匿跡後十分失落，很長一段時間都很寂寞。

「真的嗎？」

「當然是真的，諾娜。」

諾娜一臉不置可否的表情。我看著她時，艾德華先生突然問我：

「哦？那本不是舅舅的書嗎？」

「啊，對，這是他送的結婚賀禮。」

「真是沒想到。我說這些可能會被舅舅罵『多嘴』，不過那本書要價不菲，大概能在王都買下一幢還不錯的宅邸喔，妳要好好珍惜。」

「咦！」

「咦咦？」

我和諾娜同時驚呼，傑佛瑞則用手指扶著額，閉上眼睛。

巴納德老爺之所以會隨手送出如此高價的古書，大概是因為他把我和諾娜當自己人吧。對於前半生別說是親戚了，連家人都沒有的我來說，比起古書的價格，他的心意更讓我喜出望外，感激涕零。

艾德華先生一臉有趣地看著我們三個人。

「有何不可，既然舅舅想送給妳們，妳們就感激地收下吧。」

「可是艾德華先生，這本書這麼昂貴，我連碰都不敢碰了。」

「早知道就戴手套看了。」

艾德華先生笑了出來。

「妳們就別那麼客氣了，收下吧！然後放輕鬆讀就好。」

他說完，眉開眼笑地離開了。

晚上，我和傑佛一起躺在床上，並跟他說了我與巴納德老爺對於那本書的討論內容。

「這樣啊，舅舅把這件事託付給妳了嗎？」

「也稱不上是託付，只是我覺得那些錯字不是密碼，雖然每到一定的間隔就會有錯字，實在很像密碼就是了。但比起這個……」

「嗯？怎麼了？」

我們原本面對著天花板說話，但傑佛轉身面對我，床邊的燈光將傑佛的銀髮照得閃閃發亮。

「巴納德老爺好像很想造訪那個冒險故事的舞台，但是情況已經不允許了吧？」

「是啊，他的腰腿變得很虛弱。難道妳是想代替舅舅去那本小說的舞台看看？」

「沒有，我有很多必須處理的家務事要做啊，就期許未來有一天能去吧。」

傑佛不發一語。

若要講真心話，我是非常想走一趟。

但是那片森林是傑佛的傷心之地，帶他去那裡太對不起他了，但丟下他，只帶諾娜去也不好。

我左思右想時，陷入了沉睡。

隔天早上，我進客廳時看到了諾娜，她還在讀《失落的王冠》。

「早安，諾娜，那本書很有趣嗎？」

「早安，媽媽。雖然詞語很難懂，但是內容很有趣。」

「我也想看那本書，妳要夾上書籤做記號喔。」

「好。」

當天晚上，我趁諾娜就寢時拿起《失落的王冠》，並準備好紙筆，寫下錯字的位置與間隔，尋找其中有沒有一定的規律存在。

我一一試過古老的解密法，仍然沒有一個吻合。

「嗯～它想表達什麼？不是想對某個人表達什麼嗎？」

我自言自語，接連嘗試古老的解密法。接連三天，我試過了我知道的所有解密法，卻全軍覆沒。

諾娜剛開始還興致盎然地看著我解密，不過她似乎看到一半就膩了，不見人影。她現在肯定是在自己房裡複習瀋國武術。

我攤開書本，隔著一段距離喝茶，避免茶水潑到。

攤開書本的每頁左頁，左上角都繪製了漂亮的插圖，一開始是桃花與小鳥，下一頁是小河的小魚，有五隻小鳥停在桃樹上，三隻往下看。小河裡有許多魚，都逆流而上，只有兩隻看向左右兩邊的河岸。

我靈機一動，重新讀了一次文章，並一一嘗試我想到的方法。第四次挑戰時組成了有意義的文章。

我的心臟怦通一跳。

「這本書裡果然藏著密碼，而且是簡單至極的密碼。我真是的，為什麼沒有注意到？」

我的喃喃自語在房間裡響起。

解密的金鑰不是錯字，錯字只是誘導讀者的陷阱，金鑰是左頁左上角的插圖。這種金鑰太基本了，都讓我忘了懷疑。

（插圖很美，但有點雜亂。）我發現之後，看著看著，終於發現了其中奇妙的規律。

這本書的每一頁都有小鳥、魚和堅果等各種插圖，其中有某幾隻小鳥、魚或堅果每次出現的方向都有些微的差異。有多少物件的方向不同就跳過幾句，然後挑出下一句的第一個字，一頁一頁挑出來就組成了一句話，這比我在培訓所一開始學到的加密法還簡單。

發現到這件事後，我內心激昂，在培訓所時費盡千辛萬苦成功解開密碼的那種振奮感又回來了。

『發現　失落　王冠　我　背叛　受傷　艾許伯王國　溫柔　公主　照顧　傷勢　返回　王冠　消息　留　給　艾許伯　里民』

拼湊成一句話就是：

『尋獲失落的寶藏了，但是我遭到背叛，受傷了。在艾許伯里王國溫柔公主的照顧下，我的傷勢痊癒了。因此我想將王冠的消息留給艾許伯里人。』

啊啊，好快樂。

王冠會是什麼樣的寶藏？會像巴納德老爺推測的一樣，就在曾是戰場的幽深森林之中嗎？真想立刻啟程去尋寶。

但是一產生這個念頭，我馬上告誡自己：

「我怎麼可能去呢？我是傑佛瑞的妻子、諾娜的媽媽，也是准子爵家夫人，早就不是諜報員了。」

傑佛瑞為我在陽光底下打造了我的歸屬，我不想讓他失望，也不願讓他憂心，更不想失去他。

我闔上《失落的王冠》，折起用來解密的紙，壓在書下。

這一天，我莫名想去「烏灰鶇」一趟。

回到艾許伯里王國之後，只有一件事讓我悶悶不樂。

那就是我不能在晚上獨自去酒吧「烏灰鶇」了。此刻的我也非常想在烏灰鶇的角落座位，細細品味成功解開密碼的振奮感。

現在的我很幸福，家庭和樂融融，過去來往的親朋好友也都與我相處融洽，我沒有任何不滿。

但是在太陽下山後的某個瞬間，我會閃過（好想去烏灰鶇）的念頭。

在烏灰鶇時，我可以只是維多利亞，不用當媽媽或妻子，小酌兩三杯蒸餾酒，從第一口黃湯下肚的瞬間開始，感覺自己平常收疊於背上的翅膀漸漸伸展開來。

（但不管怎麼說，那都是我太不知足了。）

我站在自己房間的窗邊，看著天空從深灰色轉為深藍色，再逐漸渲染為黑暗。

我試著從第三者的視角，想像「三更半夜拋家棄子上酒館喝烈酒的子爵夫人」。

（太扯了，哪來這麼放浪形骸的夫人啊？）

我搖搖頭，決定把烏灰鶇的事拋諸腦後。

然而，我的耳裡仍迴響著巴納德老爺的話。

『一想到此生無望就遺憾無比，畢竟那是我小時候的夢想啊。』

以後再去，以後再說，人生就在這之中逐漸逝去。不去烏灰鶇的日子裡，我的沙漏仍舊不斷在流逝，我還剩下多少沙可以流逝呢？

「媽媽。」

「什麼？啊，諾娜，妳什麼時候在這裡的？」

「剛剛。我看媽媽望著天空搖頭，有點擔心，妳有什麼煩惱嗎？」

「我沒有什麼煩惱喔。」

諾娜走近書桌，探頭看我寫下的解密成果。

「咦！密碼已經解開了？那些錯字果然是密碼？不愧是前諜報員！」

「妳太大聲了！」

「媽媽會立刻告訴巴納德老爺吧？」

「是啊，畢竟他長年以來都想解開那本書的謎題。」

「我也要去！可以吧？好嘛，媽媽！拜託妳！」

「嗯、嗯，可是妳聽我說，諾娜，就是不想公諸於世的事才會使用密碼，所以有時候不要知道會比較……」

「好耶！好興奮喔，因為離開瀋國之後一直很無聊。」

隔天，巴納德老爺聽了我的報告欣喜若狂。

「維多利亞，才沒幾天啊，妳真的解開密碼了嗎？」

「我是運氣好，碰巧注意到的，而且我只解開了開頭的部分訊息，接下來要繼續細讀，解出作者發現王冠的地點。」

「也能讓我一起參與解密的作業嗎？」

巴納德老爺的眼睛炯炯有神。

「當然可以，我們一起解密吧。可是巴納德老爺，這個密碼那麼簡單，這一百年來卻沒有任何人解得開，你不覺得不太尋常嗎？」

「不，這個情況我倒是可以解釋。」

據巴納德老爺所言，在這本故事寫成的那個時代，書籍是由專人手抄的高價品，這本書或許也被某個有錢人買走，長期暗自藏在家中。

《失落的王冠》製成紙本書、大量販售是在寫成後三十年，也就是距今七十年前左右。

當時這本羊皮紙書由於是作者的親筆書，因此價值連城。雖然書籍易主過幾次，但一直都是在富裕收藏家的手上，受到百般珍藏。

如此說明的巴納德老爺表示，他也在買下《失落的王冠》後的二十年來不斷鑽研書中的錯字，沒有讓任何人見過它。

「原來如此，至今擁有過它的主人寥寥可數，沒有人懷疑其中存在著密碼，也沒有人破解過啊。」

「沒錯，有書就該有讀者，《失落的王冠》想必也不希望被埋沒於此吧。」

後來我和巴納德老爺就共同著手破解隱藏訊息，諾娜負責做紀錄。

我們沒有一口氣衝進度，而是每天閱讀十頁，其餘的時間我負責協助巴納德老爺原本的工作，擔任歷史研究的助手。

巴納德老爺說他無比期待解密，總是期待著我和諾娜來訪。

我們三個人每天慢慢解密的時光實在樂不可言。

耗時大約一星期的時間解密，我們發現小說的舞台果然就如巴納德老爺的推測，是在艾許伯里王國西邊的西碧爾森林，傑佛征戰的沙場就在那一帶。

密碼只寫出尋找王冠之路的起點，後面的路線要親赴當地才知道。

「好，接下來才是正題。維多利亞，妳覺得失落的王冠是什麼？」

「應該是比喻某種貴重的物品，但是我想像不到。」

「奇怪？王冠不就是王冠嗎，巴納德老爺？」

「諾娜，妳想想，偷走王冠後藏到森林裡沒有意義，通常不是賣給收藏家就是鑄成金塊。」

「喔，是這樣啊。」

「巴納德老爺，我很好奇這位照料病人的公主殿下是哪一位女性。」

巴納德老爺頓時停下動作，嘴裡開始嘟嘟囔囔地碎念低喃。

「等等，等等、等等，距今一百年前的公主，難道是她？」

巴納德老爺從架上搬來一個厚紙箱，箱子側面貼著一張紙，寫著「五公主卡蘿萊娜」。他從箱子裡拿出厚厚一疊紙。

「這位公主搞不好是五公主卡蘿萊娜。在一百年前的艾許伯里王家世系圖中，五公主卡蘿萊娜只記載到十五歲為止，隔年繪製的世系圖中就沒有她了，但是翻遍資料也找不到她死亡的記載。」

聲名遠播的歷史學家關注並研究過許多面向。

「維多利亞，能夠有這麼多發現，我已經心滿意足了。沒想到《失落的王冠》可能與卡蘿萊娜公主有關，太夢幻了，唉呀，真是有意思。」

巴納德老爺的神情猶如身處夢境。《失落的王冠》可能與下落不明的公主有關連，光是有這個可能性，他似乎就樂不可支了。

傍晚，我們帶著舒適的疲憊感離開，興高采烈地走到家時，傑佛瑞出來迎接我們。

「歡迎回來，妳們去了舅舅家吧？」

「對，巴納德老爺不是送了一本古書給我們，當作結婚賀禮嗎？那本書裡果然隱藏著密碼。」

「隱藏著？難道妳成功破解了？」

「嗯，算是吧，因為密碼很簡單。」

「什麼簡單啊。」

傑佛瑞露出苦笑，他看起來有一點憂心。

「爸爸，我們很了不起喔！巴納德老爺和媽媽不斷解密，我一直興奮地做記錄！」

「所以呢？找出王冠的所在地後，舅舅該不會要妳去找王冠吧？」

「他沒有這麼說，我自己也有子爵夫人的任務在身，不打算去尋寶，所以你放心吧。」

我還以為這個話題到此就結束了。

但當天晚上，我打算就寢時，傑佛瑞重提此事。在熄燈後一片黑暗的臥室裡，他平靜地開口說道：

「安娜，妳其實很想去小說的舞台一趟吧？還想找出王冠對不對？」

「沒有啊，我好不容易脫離了哈格爾的組織，還為此離開了這個國家五年之久耶。在那之前也過著居無定所、無法安定下來的生活，不僅讓諾娜吃盡苦頭，還讓她感到寂寞。事到如今，我不打算再重操舊業了。」

「真的嗎？難道妳是勉為其難地出任務，還變成組織王牌的嗎？」

我無法回答他。

我並不討厭諜報員的工作本身，現在也是。之所以逃離組織，是因為我失去了家人，而且無法繼續信任上司，最終的結果，就是我失去了為組織賣命效力的理由。在那之後，我遇見了諾娜與傑佛瑞。

我在每一個當下都做出了最好的選擇，其結果成就了此時此刻。

我思考著該怎麼回答的時候，傑佛瑞語出驚人地說：

「要不然我們一家人去看看吧？去那個小說寫的地方。」

「為什麼？你還有子爵家當家的工作啊。」

「暫時沒有啦，來自濬國的下一班船要一年後才會靠岸，濬國產的藥品也已經用船運了很多過來，夠接下來這段時間使用，所以還是有空閒去一趟全家旅行的。」

「但那是在西碧爾森林的深處喔，那一帶是你的傷心之地。」

我感覺到仰躺的傑佛瑞轉面向我，他的聲音從我的臉旁傳來。

「安娜，妳覺得『佳偶』是什麼？」

「佳偶不是感情融洽的夫妻嗎？」

「妳八歲就離開家，而我是貌合神離的夫妻所生的兒子。我們在成長的過程中，都沒見過什麼叫佳偶，因此成婚的時候我想了很多，思考我想和妳成為什麼樣的夫妻。」

我感覺到傑佛瑞又仰躺回去。

「我……沒有想太多，我只覺得必須好好把諾娜養大。與你重逢之後，我知道我終於可以與你攜手共度，再也不必躲躲藏藏了，光是這樣我就夠幸福了。」

「我呢，我希望妳永保笑容，只有這樣。」

「就只有這樣？」

「妳一直都獨立自主地活著。妳就像一隻振翅飛翔的野鳥，我不想折斷妳的羽翼。我想看到妳隨心所欲地振翅、笑口常開。」

「傑佛，可是……」

「不要因為顧忌子爵夫人或妻子的身分而退縮。我迷戀上的妳是強大、聰慧、溫柔，而且不受拘束的人。走吧，我們去妳想去的地方。」

傑佛的體貼讓我感動得快哭出來。我雙手環住他的脖子，將額頭貼上他的下巴。

「能與你共度下半生，現在的我十分引以為傲。」

我的聲音在顫抖。

至今我不知道為我們的相遇慶幸過多少次，正因如此，我更想要謹言慎行。

「尋覓失落王冠的事，我想再考慮一下，我會仔細考慮看看自己是不是真的想去。」

「那當然，妳想去我們就去，但是千萬不要忘記了，妳可以自由地活著。」

「謝謝你，老公。我就恭敬不如從命了，其實我最近想去一個地方。」

「莫非是去瀋國之前，妳常跑的酒館？」

原來他心裡早就有數了。

間章

艾德華・亞瑟的直覺

歷史學家巴納德現在情緒非常激昂。

維多利亞和諾娜離開之後，他快步走進掛著亡妻肖像畫的客廳，並坐上肖像畫正前方的一人沙發，對肖像畫說話。

「海倫，妳那時候不是因為我買下高價的古書，沒先跟妳商量而發脾氣嗎？妳有十天都不願意跟我說話，可是海倫，我的願望終於要實現了。」

畫中的妻子面帶微笑地看著巴納德。

「我應該是中間人的角色，我的任務是把這本書交給維多利亞，它與維多利亞注定要在這裡相遇。真不知道有多久沒那麼激動了，命運之神的安排實在耐人尋味。海倫，我想要見證這件事的結果，雖然要讓妳再等等，但是我會繼續待在這裡一陣子。」

話剛說完，有人敲敲玄關門。

「啊，門沒鎖，你自己進來。」

「舅舅，你還是那麼不小心。」

「唉呀，這不是艾德華嗎？難得你在這個時間來，怎麼了？」

「舅舅，你是不是把《失落的王冠》送給維多利亞了？」

「對啊，那是我送他們的結婚賀禮，她才應該擁有《失落的王冠》。」

「哦？什麼意思？」

「我耗時二十年都沒解開書中的謎團，維多利亞只花幾天就破解了，它這二十年來肯定一直在我家等待她的到來。」

艾德華的藍眼睛綻放精光。

「解開書中的謎團是什麼意思？」

「你還記得，我之前一直說書中可能暗藏著密碼嗎？」

「是，我記得，你也給我看過，但是那些錯字好像沒什麼特殊意義。」

「維多利亞替我解開了密碼啊！今天我們一直在破解那本書中暗藏的密碼。唉呀，實在太痛快了，我度過了一段愉快的時光。」

「那密碼中寫了什麼？」

「就是這個，我和維多利亞一起解密，諾娜幫我們寫下來。」

巴納德說著，將一張紙交給艾德華，上頭是諾娜可愛的字跡。艾德華讀完之後有些驚訝。

「舅舅，這真的是那本冒險小說裡暗藏著的密碼嗎？」

「對。」

「也就是說作者埃爾默·阿奇博德是真的找到了名為王冠的某種物品吧？但是他沒有帶回來，又或者是無法帶回來，而這件事可能與卡蘿萊娜公主有關係。」

「公主的部分純屬我的臆測。」

「那維多利亞有說她打算怎麼做嗎？她打算去一趟嗎？」

「怎麼會，她就快變成子爵夫人了，還有諾娜在，她不會這麼亂來。光是她幫我解開長年的謎團，我就非常滿足了。」

「這樣啊，今天打擾了，我差不多要走了。」

「你來找我有什麼事啊？」

「我是來看看舅舅的。那就晚安了，舅舅。」

艾德華走出巴納德・費雪家後沒有回家，而是快步回到王城。

他走到王城北棟三樓的檔案管理部，這裡是俗稱為第三騎士團的諜報員組織的職場之一。他開門進去時，看到一群男人一起露出驚訝的神色。

「奇怪？部長，我們還以為你回家了。」

「嗯，有件事我放不太下，去確認了之後發現我的直覺沒錯。」

所有人的臉上都竄過一絲緊張，因為艾德華・亞瑟的直覺百發百中。

他們製作資料的同時，不斷側眼偷瞄艾德華。

艾德華站在裡面收納舊檔案的架子前，匆匆忙忙地接連取出一些資料、翻閱過再放回架上，然後如此重複。

最後他拿著一本檔案，來到四樓打開「制度維安管理部」的門，走向自己的辦公桌。艾德華翻開資料詳讀時，邁克走了過來。

「部長，怎麼了嗎？」

「啊，邁克，看來『她』可能會解決某個案子。」

邁克目前負責管理與維多利亞相關的所有情報。她雖然已經是自由之身，但是艾德華和邁克還是在暗中保護她，以免她遭到哈格爾襲擊。她曾是哈格爾王國特務隊的王牌，現在是傑佛瑞的妻子，目前知道這兩件事的只有艾德華和邁克，是王族和宰相都渾然不知的祕密。

艾德華很清楚若是事跡敗露，他會被說是「公私不分」，因此行動都相當謹慎。

「她這次怎麼了？」

「邁克，你知道一百年前的公主失蹤事件嗎？」

「呃，是五公主失蹤後音訊全無的案子嗎？」

「我們搞不好能查出五公主的下落，所以……」

艾德華講到這裡就不說了。

「不，還是算了，不要妄想可以一箭多鵰。」

「怎麼了，部長？你不要只講到一半，吊人胃口啊。」

艾德華緊盯著邁克。

「什麼事，部長？」

「如果是你，傑佛瑞應該會很排斥吧。」

「所以你到底在說什麼？」

「這只是我的直覺，我覺得她會去找失落的王冠。我有預感，她的天賦會驅使她行動。能在特務隊當上王牌的女人不可能就此作罷，而且憑她的天賦，我認為她真的會能有所收穫。」

「『失落的王冠』是指那部小說嗎？作罷指的是什麼？」

「你可以回去了。」

「啊……這樣啊。」

邁克困惑地回到自己的座位。

艾德華瀏覽著五公主失蹤事件的檔案，陷入沉思。

有能力與敵人奮戰、保護自己的人不可勝數。

善於解密的人不少也不多。

能夠取得昂貴古書的人雖少，但不是沒有。

但是沒有人能同時符合這三個條件，維多利亞就是萬中選一的人選。而且她也有貴人運及人格魅力能讓別人把珍藏的古書當作結婚賀禮送給她。

他弟弟娶的妻子擁有一般男人實在無法相抗衡的天賦，而且人見人愛。

「唉呀，真不容易啊，傑佛瑞。」

他忍不住體諒起頑固又認真的弟弟。弟弟一定十分擔心，深怕會失去這位迷人精吧。

他的直覺嚷嚷著「她一定會去找王冠，要派個能記錄下這趟旅途見聞的人同行」。

這一趟說不定能解決這個國家歷史上的一個，或者兩個謎題，他不能錯過這個大好的機會。艾德華在腦中逐一評估人選，既要與她同行也不會被排斥，又能擔任記錄官，幫忙記錄見聞。

「派邁克去，傑佛瑞一定會排斥。邁爾斯的真面目也被維多利亞發現了，會讓她綁手綁腳的吧。」

艾德華沉思半晌卻得不到結論，最後決定回家再審慎考慮。

「我回來了，母親。」

「你回來啦，艾德華，今天公務也很繁忙嗎？」

「嗯，算是吧，還可以。」

「傑佛擔任騎士團長是不是也很忙？希望他早點成婚。」

「母親，傑佛已經結婚了喔。」

「唉呀，是嗎？我真是的，又忘記了。」

「母親，傑佛瑞的妻子是無可挑剔的女性，請妳放心。」

「這樣啊，太好了。那孩子過去吃了很多苦，都怪我沒有保護好他，讓他在成長過程中受苦了。」

母親這麼說著，撲簌簌地落下淚來，艾德華撫摸過她的背部安撫她。

母親時不時會像這樣，在時間之河中來來去去，她現在想必身在記憶之河的上游，以為傑佛瑞還是個年輕單身漢。

父親不只是無法控制自我、無法建立健全的家庭，他還摧毀了母親的自我，剝奪了自己和弟弟的幸福童年。

但是如果沒有這樣的父親，自己也不可能降生於世，這件事讓他惆悵無比。

艾德華離開母親的房間後走進自己房間，妻子布蕾斯動作俐落地照料著他。

「母親的狀況不是很好呢。」

「有些日子就是這樣，她也是人啊。」

「是嗎？謝謝妳平日的照顧，真的很慶幸能跟妳結為連理。」

「唉呀，你太誇張了。」

一點都不誇張，他在一個地獄般的家庭中長大，而妻子在相親相愛的幸福家庭中長大，因此她理所當然似的打造出現在的家庭，令他十分感激。她重現了自己的原生家庭，這是艾德華不曾經歷過的理想家庭，也是天堂。

在這個猶如天堂的家中放鬆時，他腦中突然浮現一個人的臉龐。

「對喔，不是有克拉克嗎？他是文官，正好適合負責記錄。」

他剛做好決定，傭人就送了一封信過來，寄件人是傑佛瑞。

『我在瀋國的那五年期間都沒有正式休假過，所以我最近要與家人出遊休息一下，在封爵之前就能回來。』

讀完弟弟的信後，艾德華微笑著心想（看來這次我的直覺也很準）。

第三章 每個人的內心深處

我們決定依照《失落的王冠》的密碼提示，啟程去尋找名為王冠的寶物。

我們有好幾天都忙著做行前準備，明天終於要出發了。

「出去玩～出去玩～」

快速打包好行李的諾娜心情大好。

我看著快樂的諾娜，瓦莎卻憂心忡忡地說：

「夫人，你們才剛回來，會不會還很疲憊？」

「瓦莎，我和傑佛在濬國的那五年都沒好好放過假，所以這次是婚後第一次出門放鬆。」

「天啊，原來是這樣，五年都沒有休息啊。夫人，家裡就交給我們看管吧。」

「謝謝。我們在那五年都沒有休息是因為工作太有趣了，自願不休息的。啊，對了。」

我交給她一個盒子，裡面裝滿了自製的護手霜、燒傷的藥膏、腹瀉的口服藥、感冒初期的用藥，零零總總加起來數量很驚人。

「我在濬國學過製作這些藥品的方法，使用方式都寫得很詳細。你們不嫌棄的話，在我們家工作的人都可以自由使用。」

「天啊，這很貴重啊，謝謝夫人。」

我們講話的時候，我看到克拉克少爺從大門進來。

「傑佛，克拉克少爺來了。」

傑佛瑞還在窗前確認的時候，諾娜已經衝了出去，然後一邊和他說話一邊走進屋內。

「傑佛表舅，早安。」

「克拉克，你今天不用工作嗎？」

「要，我就是為了工作而來。艾德華表舅說你們要出門，要我來徵求你們的同意讓我同行，並執行檔案管理部的職務。我昨晚被任命為記錄官了。」

「家兄？喔，對了，他是聽舅舅說的吧。是因為我們可能會解開歷史上的謎團嗎？」

「似乎是如此，請問你們已經打包好了嗎？」

「是啊，我們想要明天一早出發。」

「明天？一早嗎？表舅，我可以和你們同行、擔任記錄官嗎？」

「克拉克，你若要同行，希望你答應我一件事。」

或許是因為傑佛瑞的表情相當嚴肅，克拉克少爺有點驚訝。

「你要記錄我們的發現是可以，但我們一家人的事可以不要匯報出去嗎？因為這五年我們都在為國家效力，這趟旅行是給我們自己的獎勵。」

「表舅家的私事，我怎麼可能講出去或匯報出去？私生活我當然不會匯報，我保證。」

「好，那你就一起來吧。」

克拉克少爺跑著離開。

「傑佛，艾德華先生不是制度維安管理部的嗎？」

「嗯，宰相好像認為這三個部門都很閒，所以家兄可以兼任。我記得他兼任制度維安管理部、檔案管理部還有維修部，總共三個部門。」

「是嗎？所以他才如此忙碌啊。」

諾娜對於克拉克少爺的同行喜出望外，她當場輕蹲馬步，做出打正拳的動作，快速出拳再收拳，發出咻咻咻咻的風切聲，讓正好在場的瓦莎看得一臉錯愕。

「咳、咳！」

我清咳幾聲，諾娜才猛然驚覺，看向瓦莎和我。

「瓦莎，諾娜在瀋國看到護衛練武就有樣學樣，有夠調皮的。」

「啊啊，原來是這樣啊，看起來非常有模有樣喔。」

瓦莎笑著離開後，我轉向諾娜。

「我知道，對不起。我不會在外人面前這樣了。」

「諾娜，我不是在生氣。只是不能隨隨便便把自己的手牌揭露給別人看喔，只有在使用的時候才能展現出來。」

「是，媽媽。」

「不過我也曾不小心在人前露出馬腳就是了。我們都要小心。」

說完，我們一起笑了。

晚上用完餐之後，我拜託傑佛一件事。

「以前有個人很照顧我，我可以去打聲招呼說我回國了嗎？我也想把自製的藥品帶給他，大概一小時就會回來了。那是我以前常去的酒館，我可以自己去嗎？」

「當然可以啊，已經天黑了，妳就搭馬車吧。」

「謝謝你，傑佛，我會盡快回來。」

「沒關係，妳慢慢來。」

我的額頭咚地一聲貼上傑佛的胸口，帶著「謝謝」的意思。

我打開酒吧「烏灰鶇」的門往裡面看，薩赫洛先生看到我就停下手邊的動作。他放下手中擦拭的玻璃杯，大步朝我走過來。店裡和五年前一樣，彷彿時間靜止了。

「妳還活著啊？妳之前去哪裡了？突然就不來了，害我很擔心耶。」

「對不起，發生了很多事，我這五年都在國外工作。」

「國外？對了，總之妳先坐吧，吧台可以嗎？」

「好。」

店裡有兩個客人，一對親密的情侶在角落的座位湊著頭說話。

薩赫洛先生將五年前我愛喝的蒸餾酒倒進玻璃杯中，端給我。

「所以？妳怎麼了？難道跟賀克托有關？」

「不是，原因出在我身上。我之前在瀋國學了製藥，今天帶了這個來。」

薩赫洛先生將鼻子湊近我給他的東西，嗅了嗅。

「有一種類似藥草的味道。」

「這個是能有效治療皸裂或凍瘡的藥膏。薩赫洛先生會碰水，手部很容易乾燥吧？」

「瀋國？妳也帶著孩子去了那麼遠的地方嗎？」

「是啊，我結婚了，所以是和先生、小孩一起去。」

「結婚？」

「對。」

薩赫洛先生倒了另一杯蒸餾酒，並高舉酒杯。

「是嗎？那讓我來乾杯吧。」

「謝謝。」

「什麼嘛，妳結婚了啊。我本來還很中意妳呢，實在太可惜了。」

「薩赫洛先生，你的表情出賣你了喔。」

「被發現了嗎？」

我們笑著輕碰彼此的玻璃杯，並將蒸餾酒飲下肚。烈酒入喉，一路延燒而下，立刻在我的胃部點起一盞燈，感覺全身血管舒張，收疊在背上的羽翼緩緩舒展開來。獨飲真是美好。

「那妳現在住哪裡？」

「東區。」

「婚後住東區？妳晉升貴族了嗎？」

「對，發生了很多事。諾娜當然也跟我一起。」

「發生太多事了吧。」

「確實是。」

雖然有很多話想說，但明天必須早起，我再喝下一杯就離開了烏灰鶇。

「就當作是賀禮，不用付我酒錢。」

薩赫洛先生沒有收下我的酒錢。

我家馬車停在酒吧附近。我正準備上馬車時，感覺到視線而回頭，發現薩赫洛先生一直盯著我家馬車看。

「晚安，薩赫洛先生。」

「嗯，晚安。」

我向展露笑顏的薩赫洛先生揮揮手，關上馬車門。馬車駛動後我回頭望去，他依然站在原地。

我們明明是在我脫離組織後才認識的，他卻像是同伴，彷彿曾是組織裡的同事。這或許是因為，我和薩赫洛先生都有不可向外人道的過去。

搭乘馬車返家時，屋內的所有房間都燈火通明，宛如整間房子在對我說「歡迎回家」。想當年我還得偷偷翻牆回去約拉那女士宅邸的別屋，我的處境變化如此之大，實在讓我坐立難安。

傑佛瑞打開玄關門走了出來。

「妳回來了，安娜。」

「我回來了，傑佛。」

「打完招呼了嗎？」

「嗯，也通知對方我結婚了。」

「這樣啊。」

我進入家門，洗完澡後在房間梳頭髮時，諾娜走進我的房間。

「諾娜，妳差不多該睡了，明天天還沒亮就要起床了喔。」

「媽媽，妳聽我說，爸爸非常擔心喔。他來問我知不知道媽媽是去見誰，所以我就跟他說了不用擔心，那個人是喜歡吃點心的叔叔。」

「是嗎？謝謝。」

諾娜一臉「我有幫到忙吧」的樣子。我目送她走出房間，繼續梳起頭髮。我獨自在外果然會讓傑佛瑞擔心啊，不對，本來就應該擔心吧。

不過，什麼叫「喜歡吃點心的叔叔」啊，這不是讓他更操心嗎？

深夜時分，傑佛瑞在我打算就寢時分來到我的臥房。

「怎麼了，傑佛？」

「我想跟妳一起睡。」

「是嗎？來睡我旁邊吧。」

傑佛瑞像隻大貓咪一樣動作流暢地鑽到我旁邊，我打算補充說明剛剛諾娜告訴我的事。

「我今晚去的是很久以前就跟你講過的酒吧，我只喝了兩杯、報告完婚事就回來了。」

「是嗎？沒關係，妳沒有義務一一跟我報告。」

「不是，是我希望你知道這些，我不想讓你操心。我們要攜手共度下半輩子，讓你理解我是什麼樣的人、我在你看不到的地方做了些什麼，我也比較放心。啊，不過你不必覺得自己也需要向我報告才行喔。」

「我知道了。」

傑佛瑞讓我枕著他的手臂。我雖然喜歡這樣，但每次都很擔心他的手會不會麻。

「我對妳沒有隱瞞，也沒有想瞞著妳什麼。」

「是嗎？」

「但是我可能有點吃醋吧。」

「我也猜到是這樣。我不會再去了。」

傑佛瑞用我枕著的左手摟住我肩膀，將我攬進懷裡。

「不，妳可以想去就去，我不想消磨妳的人生。有時候一想到我身上有一半的血液是來自那個不可一世的父親，我就會害怕自己會不會變得像他一樣。」

「傑佛……」

「我不想像父親一樣，變成掌控全家人的男人。」

傑佛瑞的傷口依然在淌血。

童年時期無法忤逆父親的恐懼與厭惡化作滲血的傷口，如今依然鮮血淋淋。與諜報員時期留在我心中的傷口一樣，那是會反覆在內心深處傷害自己的記憶。

「真希望快樂的記憶能夠覆蓋掉痛苦的記憶。」

「是啊。」

「我會一個人去喝酒，是因為我可以成為我自己，不必扮演其他人，我只要坐下來喝個兩、三杯就夠了。」

「嗯。」

「喝了之後，我就會覺得背上的翅膀慢慢舒展開來，不過我絲毫沒有拍拍翅膀、遠走高飛的意思喔，我的歸宿，永遠都是你身邊。」

「呵呵。」

「傑佛，有什麼好笑的？我是說認真的耶。」

「不是，抱歉，我只是覺得那通常是男生會說的話。『我一定會回到你身邊』是拈花惹草的男人常用的託詞。」

「我沒有這個意思……」

「我知道，我想到我求婚的時候，妳也說過『我會保護你和諾娜』，所以剛剛聽妳那樣說才覺得很好笑。」

「啊，我好像真的有講過。」

後來我們輕聲笑著，帶著平靜的心情入睡。在睡著前的最後一刻，我想起我和約拉那女士的對話。

旅行計畫敲定之後，我有事想找約拉那女士談談，於是立刻造訪了她的宅邸。諾娜也與我同行，不過她馬上和蘇珊小姐去其他房間了，她們一定在熱烈地討論梭編蕾絲或針線活的事。

「怎麼了，維多利亞？妳有什麼心事嗎？」

「唉呀，我看起來有心事嗎？」

「妳是不會說謊的人，我一看就知道了。」

我的內心稍微刺痛一下。

我這一生說過無數個謊，現在也有很多事瞞著約拉那女士。

「所以是怎麼了？」

「約拉那女士，我晚上偶爾會想自己去一個地方喝酒，也不會待很久，從走出家門到回家，大概只要一個小時。」

「嗯，然後呢？」

「我很愧疚。傑佛瑞說我可以去，而且他應該是真心的，但我很擔心他是理智上說可以，情感上還是不希望我去。約拉那女士，老爺還健在的時候，妳有過這樣的經驗嗎？」

看著茶杯聽我傾訴的約拉那女士呵呵笑著，看向我。

「妳並沒有對丈夫說謊，但我倒是曾經為了出門而撒謊。應該沒有人活到這把年紀，都沒說過一次謊，所以我就直說了，我白天外出時都會帶侍女同行，可是我曾多次瞞著老爺和老夫人外出過。但說實話，我也不願意撒謊就是了。」

「唉呀。」

「老夫人是非常死板又冥頑不靈的人，她的心地不壞，但是她堅信『自己的價值觀就是正義』。她對自己的正義堅信不疑，就理所當然似的把那套價值觀也套在我身上。」

「是。」

「不過她這樣讓我很難受。」

約拉那女士露出遙想過去的神情。

「問題出在我的娛樂。老夫人厭惡所有種類的卡牌遊戲，她認定『卡牌是男人的娛樂，女人想都不要想』。她一定就是接受這種教育長大的，可是我的娘家會全家一起打牌同樂，所以我第一次聽到她的說詞時，簡直目瞪口呆。」

「是因為有賭金錢嗎？」

「這也是原因之一，不過卡牌遊戲就是要賭點東西才好玩啊。我和朋友是用糕點賭著玩，點心是無辜的，吃完就吃完了，但是老夫人絕不寬貸，她一再強調絕對不准玩牌。」

若是連糕點都不能賭，那就代表籌碼不是問題，而是賭博這個行為。

「雖然自己這麼說也不好意思，但我是個好太太、好媳婦也是好媽媽喔。貴族的社交場合我都表現得可圈可點，家務事都打理得萬無一失，婆媳之間的相處沒有任何問題，也會關心小孩。當時只要把時間花在自己身上，我就會產生罪惡感，剛才聽妳這樣一說，我就想起來了。」

「罪惡感嗎？」

「年輕的時候，我總是想著『任何人都別想批評我』，做事都不顧一切地向前衝。為此我忙得不可開交，不只一天，一年也轉眼即逝，因為一旦開始在意別人的眼光，要忙的事情就會變多，根本沒完沒了。前陣子才替母親慶生，回過神來又是老夫人的壽誕了，當我驚覺這件事時，我害怕極了，想到我會這樣轉眼間走入垂暮之年、離開人世，我就毛骨悚然，這樣的一生是多麼百無聊賴啊。」

「約拉那女士……」

我很訝異外柔內剛的約拉那女士也曾想過這些。

「有了這樣的想法後，我決定不再理會世俗評價，而是重視自己的內心。我每個月會和朋友打一次牌，去打牌時都會騙老夫人說『這只是抒發心情的茶會』。只有打牌的時候，我才覺得自己不是妻子、媳婦或媽媽，而是一個人，現在倒是每天都有這種感覺。」

「重視自己的內心嗎？」

「我是為了讓身邊的人幸福而努力，到頭來卻變成是在勉強自己做牛做馬，搞得自己灰心喪志。不覺得怎麼想都不對嗎？又沒有人要我做牛做馬，我卻把自己逼上死路。」

「這代表大家的幸福是建立在約拉那女士的犧牲之上吧。」

「就是啊，家人並沒有這樣要求，我卻拚命把自己逼上絕路，害自己受苦。」

約拉那女士把裝著糕點的大盤子推過來，勸我多吃一點。

「有一次，我頭痛欲裂，一直好不了，不知道是因為過勞還是壓力大。當時我很確定，若我繼續過著沒任何娛樂與喘息的生活，全心全意為家人奉獻，換來的卻是病痛，我會痛恨他們，因為我認為『就是因為我這麼盡心盡力才會折壽』。所以當時我決定『說謊又如何，讓自己快樂不必有罪惡感』。」

我靜靜等她說下去。

「忙東忙西明明是我自願的，不知不覺卻產生『我為了這些人那麼賣力，卻沒有回報』的心態——我看到了怨天尤人的自己。」

「這樣很恐怖呢。」

「每個人對已婚女性的人生價值都有自己的答案，而我的答案是家人的笑容。為此，我認為撒一、兩個瞞天過海的小謊才是成熟的表現。這樣一來，老夫人不會覺得自己的價值觀被駁斥而心有不悅，我也能快快樂樂地聊天打牌，排遣心情。」

「說得也是。」

約拉那女士輕輕摸上雪白的頭髮，看著我微笑。

「妳就去妳想去的地方吧，如果這樣能讓妳的家人展露笑顏，那就是正確的答案。」

「好，我知道了。」

沒錯，對我而言最重要的是諾娜和傑佛瑞的笑容。

只要他們展露笑顏，天底下沒什麼事能難倒我。為此，我也該偶爾去舒展翅膀。舒展完，再回來和全家人一起笑著生活。

我向約拉那女士道謝後，與諾娜一起離開，並且順道前往巴納德老爺的宅邸。

「維多利亞，怎麼了？」

「巴納德老爺，我們一家要依照那組密碼，前往西碧爾森林。」

「這該怎麼說，年輕人的動作真快啊，傑佛瑞也會一起去吧？」

「巴納德老爺，爸爸和我都會去！」

「是嗎？諾娜也一起去嗎？」

「對，是傑佛瑞在我猶豫不決的時候推了我一把。」

「這樣啊，這樣啊，真是令人期待。但是你們不要勉強喔，光是能聽你們描述西碧爾的景色，我就迫不及待了。」

「那我們出發了。」

「好，好好玩吧。」

「巴納德老爺，我一定會撿一些伴手禮回來給你的！」

「真期待妳會撿什麼來給我呢，諾娜。」

回程的馬車上，我想起一件重要的事。

「啊，對了，諾娜……」

「我知道，我撿的伴手禮只會送給巴納德老爺啦，其他人的禮物用買的就好了，對吧？」

原來她明白啊。

我們相視而笑，走出家門時籠罩在我心中的烏雲都煙消雲散了。

第四章 前往西碧爾森林

克拉克少爺在啟程當天天亮之前就來訪，我們一起坐上自家馬車出發。

搭這輛四頭馬車或許太大張旗鼓，不過這是了解當地情況的傑佛瑞做的決定，他認為「即便道路的狀況不便使用馬車，也可以一人一匹馬代步」。車夫由我們家負責照顧馬匹的里德擔任，而傑佛瑞坐在我對面笑瞇瞇的。

「傑佛，你心情很好呢。」

「可以跟我最愛的妻子出遊，心情當然很好啊。」

在這種時候，我都會覺得自己無法再過以前的生活了。諜報員時代的我沒有愛過任何人，當時也對此不以為意。

然而，如今我已經懂得愛與被愛的幸福，無法再回去過以前的人生了。與此同時，在我獲得名為家人的寶物的那一秒，我也開始害怕失去它。那是當我一無所有的時候，從沒想像過的情感。

駕馬移動兩小時左右，我們讓馬休息，在小河岸邊鋪墊子坐下。我鉅細靡遺地向克拉克少爺從頭解釋這趟旅程的目的。

「也就是說，老師只花了幾天就破解了藏在小說裡的密碼嗎？」

「沒有到密碼那麼複雜，克拉克少爺，因為那種機關單純到十歲的小孩都能解開。」

「不，可是……」

「克拉克，維多利亞從小就很迷冒險小說，她讀過各種解密法，無師自通。」

「這樣還是很了不起啊，老師果然有兩把刷子。」

有克拉克少爺在場，所以傑佛瑞稱我為維多利亞。

而克拉克少爺依然叫我老師，與五年前上外語課的時候相同，他似乎很喜歡這個稱呼。十八歲的他有一雙知性的祖母綠眼瞳，是個美少年了。

「老師，那我們接下來要去哪裡？」

「按照埃爾默的密碼，西碧爾森林深處似乎有幾個『通往失落王冠的路標』。那是在森林裡，找起來可能會費一番工夫，不過密碼有寫出路標的特徵，我們應該找得到。若是毫無斬獲，就當作是一般的旅遊吧。」

「媽媽，我們晚上要睡在森林裡嗎？」

「是啊，妳會怕嗎？」

「不會，完全不怕，好期待！」

『通往失落的王冠之路，只有勇者得以前進。』

『第一個路標，是森林中的白色石碑。』

密碼寫出了疑似西碧爾森林的森林所在地，以及第一個路標白色石碑的大致位置。找到石碑後，要在當地繼續尋找下一個路標。

這裡的道路沒有整修過，馬車也行駛得比較緩慢，而且我們只在白天的時候上路，搭馬車前往目的地西碧爾森林，應該會花上一星期吧。

出門後三天。

諾娜突然說「再這樣下去我會爆炸，砰一聲爆炸」。嗯，我大概能理解她的意思，是這幾天運動量不足，精力無從發洩吧。

於是我們決定一家三口來練武。

克拉克少爺大概知道我和諾娜有多好動，不過諾娜在瀋國迅速成長了，讓我有點猶豫要不要揭露這件事。

「克拉克，諾娜和維多利亞在瀋國學了武術，她們都是高手喔。」

傑佛直爽地對克拉克少爺說，並且瞄了我一眼。原來如此，他認為與其說些有破綻的謊言，不如直接告訴他事實。

（那我可以陪諾娜練武嗎？）

我遞出提問的眼神給傑佛瑞，他笑著點點頭。

從這一天起，我們家的練武情況就在克拉克少爺和里德面前公開了。

「傑佛，你跟克拉克說好不會匯報我們的私生活，是因為早就預見了這個發展嗎？」

「算是吧，我早就猜到諾娜沒辦法安分守己那麼久了。」

不愧是傑佛瑞。

多虧於此，我們一家三口每天都可以盡情活動身體一次。練武時的諾娜身手矯健，身輕如燕，就像靈敏的妖精，不過如果繼續成長下去，一般的男性應該都不是她的對手。

里德一開始看得目瞪口呆，傑佛瑞就向他解釋「妻女在瀋國時都學了武術」。我不知道他聽信了幾分，總之他沒有多說什麼。

諾娜有著妖精般的身段，陪她過招的我把樹枝折成短劍的長度，與她交手。諾娜以凌厲的聲音喊著「喝！」、「嘿！」，同時以極為迅速的速度出拳或使出踢擊。她全力進攻，金色麻花辮在風中飄逸。

我不想誤傷諾娜，因此無論如何都只能防守。我的身體能完美防守、不遭到攻擊，但卻不太從容，諾娜的身手確實進步了很多。

「只有我在旁邊看，真是不甘心。」

克拉克少爺第一天看得瞠目結舌，隔天開始與傑佛瑞練劍。他們不是在一較高下，傑佛瑞更像是指導者，連汗都沒有流。他們的木劍聲是「鏘、鏘、鏘、鏘！」的節奏，傑佛瑞和我練劍時則是「鏘鏘鏘鏘、鏘！」的節奏，相比之下他們的速度慢了許多。

「我也要！我也要練木劍！」

諾娜明明才剛與我練完體術，克拉克少爺練完劍之後，她又開始和傑佛瑞練劍。她也是木劍高手，我內心忽然閃過（諾娜能變得多強呢？）的疑問，但還是決定別再深思下去了。要是壓抑她，她感覺真的會砰一聲爆炸。

出發一星期之後，我們終於來到西碧爾森林附近。

（這片土地有傑佛瑞參戰的記憶，他來這裡不難受嗎？）我不禁看向身旁，他則面朝著前方握住我的手。

「可以在這裡停一下嗎？」

「是，當然可以。」

傑佛停下馬車，靜靜地下了車，一頭銀髮的他面向草叢，低下頭來開始禱告。接著，他從行李中取出銀色酒壺將酒灑上地面，這才開口說：

「獻給在此喪命的所有男兒。」

聽到他這樣說，我才知道這裡就是過去的戰場。

前方是一片荒蕪的草叢。

這一片荒蕪之地曾經血流成河，也導致傑佛瑞的未婚妻走上絕路。我也閉上眼睛，在心中說著（請安息），我替為了自己的正義而戰的人們祈禱，其他三人也一同效法。

「謝謝妳，維多利亞。我沒事的，戰場的記憶已經是舊傷，不會發疼了。」

「是嗎？那就好。」

我心上仍有一塊會發疼的舊傷，但願傑佛不會感受到這樣的痛。

馬車再次駛出，抵達了西碧爾鎮。

西碧爾鎮的主要產業是植林、伐木和造材的林業，有林業和農業就幾乎可以自給自足。

我們下榻的旅館房客似乎大多是木材業者，為了打聽消息，我們詢問旅館服務生關於石碑的事。

「森林裡的白色石碑嗎？我是沒有聽過啦。」

「好像是在西碧爾森林裡，距離這裡大概三十公里吧。」

「如果是比人造林區更裡面的話，去問西碧爾林業工會可能會知道。」

「這樣啊，謝謝。」

「西碧爾林業工會」的建築物位於城鎮中心，裡頭擠滿了壯碩的男人，來迎接我們的是工會會長。

「白色石碑啊，距離這裡三十公里？我沒聽過呢。要走到比人造林區更裡面的地區會很辛苦喔，裡面無法行駛馬車，只能騎馬或徒步。」

我們道謝之後走出工會，沿路順便採買了大量的肉品與蔬菜，搭上馬車出發。

人造林區的道路相較之下有經過修整，馬車可以行駛，巨大的針葉樹林立，四下昏暗，馬車在沒有鳥鳴的幽暗森林中前進。

問題在於接下來的路段。一片針葉樹的蓊鬱森林漸漸變成時不時有陽光灑落的雜木林，道路也變窄，馬車無法繼續前行了。

「看來馬車無法再往前了，改騎馬吧。」

「傑佛，馬車就留在這裡嗎？不會被偷嗎？」

「我留個字條，要是被偷了，到時候再看著辦，不過偷貴族的馬車是重罪，所以應該沒問題。而且這裡的人都互相認識，沒辦法亂來。」

「我最喜歡你這種不拘小節的個性了。」

「出現了。克拉克少爺，我家爸媽最喜歡彼此了。」

「這樣很好啊。」

「也是啦。」

我和傑佛瑞聽到他們的對話都笑了。

我在諜報員時期經常練習以大致的體感，評估前進的距離，因此我自薦負責這個部分。我們將行李改駝在馬上，五人呈一直排前進。我帶頭，接著是諾娜和里德共騎，下一個是克拉克少爺，傑佛瑞殿後。

進入雜木林後，可以明確感覺到坡度，我們正在攀上山腳。

森林深處可以看到山頂雲層繚繞的西碧爾山，進入雜木林後處處有鳥啼聲。天然森林裡有很多鳥類呢，我一邊想著一邊前進。

諾娜和克拉克少爺在馬車上相對而坐，因此就徹底恢復成以前的好感情了，他們兩匹馬湊近，一邊聊天一邊前進。

「啊！看到白色的東西了！」

「等等，諾娜。」

諾娜一催促，里德就快馬加鞭，克拉克少爺慌慌張張地追了上去。我和傑佛瑞跟著加快速度。

白色石碑比我想像的更巨大，看來石頭不是從別處運來，而是就地取材，在白色岩石上刻字。我們所有人都下馬，看著石碑。

『繼續往北十公里。』

「媽媽，路標就只有這樣嗎？」

「好像是呢。很有冒險感，不錯吧？」

「看起來是噴飛到這裡的。」

「爸爸，噴飛到這裡是什麼意思？」

「很久以前那座山爆發的時候，把這塊岩石噴飛到這裡了。」

諾娜看向傑佛瑞指的方向。

遠方是碧綠的西碧爾山，西碧爾山的山坡地向外開展，廣闊又嫵媚多姿。

克拉克少爺拿出小小的記事本，勤奮地做記錄。

我們上馬，繼續攀登平緩的斜坡，在闊葉樹和針葉樹混雜的森林中前進。

此時已經沒有整頓過的道路可走，只能走獸徑。

當太陽即將下山，氣溫驟然下降時，我們來到一片雜木林中的空地，這裡有一間石頭小屋。

「老師，這是下一個路標嗎？」

「這裡距離石碑差不多十公里，有可能。」

「正好，維多利亞，今晚就住在這裡吧。」

「媽媽，有一口井耶，而且井水不斷湧出來！」

「啊，真的耶，那一定是自流井，這片土地的水資源很豐富呢。」

我們卸下馬背上的行李進屋，馬兒吃起附近的草，或者大口喝下冰涼的水。不知道這棟屋子是什麼時候人去樓空的，不過屋內不如想像中的破敗。儘管處處有塵埃，還是遠遠好過露宿在外。

空屋內只有幾處漏水，或許是因為石板屋頂很牢固。

「在這種森林深處生活應該不容易，為什麼會是這裡呢？」

「維多利亞，妳覺得這棟屋子是作者與公主的家嗎？」

「我們是依照密碼的指示來到這裡的，所以我想是吧，雖然判斷依據不足，還無法確定密碼中寫的公主是不是真的公主就是了。好了，我們先來煮今晚的餐食吧，沒必要太匆忙。」

「嗯，我也來幫忙。」

屋內雖然有爐灶可用，不過我和傑佛瑞討論之後，決定在外面生營火烹調食物。諾娜和克拉克少爺都沒有這種經驗，所以我想讓他們體驗一下野外自炊的樂趣。

傑佛瑞很習慣生火，他把杉木的枯枝和松毬當成火種，一轉眼就幫我們生起熊熊燃燒的營火。

我拿劍砍下附近的樹枝並削細，做成木籤後串上肉，將肉串抹上鹽巴，再插到營火周遭的地上。接著用大片的闊葉樹葉當砧板，切下麵包薄片，然後在攜帶式的湯鍋裡燒水，加入切碎的蔬菜、鹽巴、香草和香腸薄片，放到營火附近。

「媽媽，好香喔！」

「老師，我第一次吃這種食物，好開心喔。」

諾娜和克拉克少爺都很高興，我和傑佛瑞也微微笑著。

香腸湯煮到沸騰冒泡，肉串也不斷滴滴答答地流下油脂。

「差不多了，來，我來分湯。」

「爸爸，肉可以吃了嗎？」

「嗯，可以了。」

諾娜和克拉克少爺大口咬上肉串，笑著說：「嗯嗯！真好吃！」

就在我們晚餐還吃不到一半的時候，我看向傑佛瑞的眼睛，傑佛瑞也看著我。他對所有人說：

「諾娜、克拉克、里德，你們一邊吃一邊聽我說。附近出現了可疑份子，人數大概是四、五人，推測是壯碩高大的男人，恐怕也持有武器。」

克拉克少爺和里德表情僵硬，諾娜卻仍看著火輕輕點頭，咀嚼著肉。

「我和維多利亞來對付他們，你們進房子裡避難，有能搬的東西就從裡頭把門口堵住。諾娜，克拉

克和里德就拜託妳了。」

「我知道了。」

「怎麼這樣！我也要應戰。」

「克拉克，不行，你沒有實戰經驗，而且你最不能被對方抓到，懂嗎？」

「……是。」

「那等我發號施令就一起動作。三、二、一，走！」

克拉克少爺、諾娜和里德跳起來衝回屋內。諾娜還小心翼翼地拿著肉串。

我和傑佛瑞抓起事先放在手邊的劍，背對著營火分站在左右邊。

「出來，乖乖投降就網開一面，展開攻擊就別想活命。」

是山賊嗎？要是取了他們性命，以後就不能將這間屋子當作據點了。滿地屍體不但礙手礙腳，警備隊問起事由也很麻煩，真希望他們乖乖投降。

然而，情況不盡如人意，兩個壯漢揮舞著柴刀，分頭衝向傑佛瑞和我。

傑佛瑞輕盈地閃身躲過，劍未出，只用劍鞘打上男子右側腹的肝臟位置。另一個柴刀男也撲向我，因此我迅速閃避，對他的心窩揮出一拳並踢上背後的肋骨。他本人應該聽到了體內產生裂痕的聲音。

儘管如此，他們還是一而再再而三地爬起身。可能是結實的肌肉減緩了我們攻擊的力道。

不過他們的動作變得遲鈍，不是我和傑佛瑞的對手，差不多該遏止對方的動作了。我衝向男子，我在錯身而過時往男子慣用的左腳膝蓋上深深劃下一刀，他發出慘烈的叫聲，但這是他自找的。

傑佛瑞則是從背後扣住對方的脖子，讓男子昏過去。

我腦中閃過一個念頭，不知道諾娜目睹戰況，有沒有學到體格與戰鬥能力其實關係不大。從服裝來看，他們不是什麼山野盜賊。

他們應該還有至少兩個同伙。我凝視著黑暗的森林，兩個年輕男子單手持著柴刀，高舉雙手走了出來。他們的肌肉也很結實，身材魁梧。

「對不起！請原諒我們！」

「我們只是聽命於前輩，被迫跟過來的。」

「在狡辯之前，先把柴刀放在地上跪下來，雙手抱頭。」

傑佛瑞的聲音很低沉。

他們咚地一聲拋下柴刀，聽從傑佛瑞的指令跪下抱頭。傑佛瑞拔出劍來監視他們，我在這個時候將男人們逐一綁起來。我很擅長用最短的繩子，牢牢將人綑起來。

「好了，我們明明在讓孩子體驗快樂的露營，為什麼要攻擊我們？為了錢？」

「露營？我們只是聽從東尼的話，想要保護田地而已。」

「馬克！不要大嘴巴！」

攻擊我的那個男子被綁住後，橫躺在地上大吼。我踢了他的心窩一腳，讓他閉嘴，沒必要同情滿心想殺了我們的人。我問投降的男子：

「你之前在林業工會裡吧？我記得那件褲子。」

那條褲子的臀部用一大塊可愛的花布縫補過，我沒有看錯。倒在地上的男子尷尬地撇開了視線。

「怎麼辦，維多利亞？他們拿柴刀攻擊我們，要是說『我們為了自保，不得已殺了人』，西碧爾的警備隊應該會接受。」

「也對，你曾是第二騎士團的團長，他們一定會相信你。不然還要小心翼翼地把他們送回鎮上，太麻煩了。」

我和傑佛瑞心有靈犀，刻意用言語威嚇他們。

「請原諒我們！我們只是想保護紅花菱草園！」

「不要啊，不要殺我們。我媽媽只能指望我照顧了！」

兩個年輕男子一臉怯懦地開始求饒。

「真會狡辯，如果我們沒有能力自保，你們打算殺了我們就地掩埋吧？」

「就是啊。對了，不如各砍斷一條腿，讓他們跑不掉吧？只要束緊腿部阻斷血流，砍斷一條腿也死不了。」

「不要啊啊啊！」

「饒命啊！」

嗯，威脅到這個地步就差不多了。

傑佛瑞說：

「那我讓這個男的帶我去看那個紅花菱草園。」

他說完，拉起上半身被綁住的年輕男子往森林裡走去，而我朝屋裡喊：

「已經沒事了。」

走出屋外的克拉克少爺和里德緊張到臉色蒼白，諾娜則是一臉興奮，手中還緊緊握著肉串。父母在戰鬥時，她還在吃肉嗎？

「媽媽和爸爸都好強喔！我都從窗戶看到了喔。」

「謝謝。諾娜，妳嘴邊沾到肉汁了。」

「啊，嗯。」

諾娜用手背大力一抹嘴巴，結果肉汁愈抹愈大塊。

我心想（果然還是得更認真地進行淑女教育呢）。

傑佛瑞大概在一個小時後回來。

「我回來了，那裡有很大一片的紅花菱草園。他們是不希望園地被發現，又誤以為我們是來調查園地的官員。」

「我們不是還帶著諾娜嗎？」

「內心有鬼的人看到什麼都會感到心虛起疑啊。」

紅花菱草是一種會開出豔紅色方形花朵的植物，我記得把根部切碎後泡酒，植物的成分會溶進酒精裡，讓人醉得更快更沉，據說「只喝一點酒就能醉，很划算」、「可以醉得很舒服」。不過用量一有不慎就會導致休克死亡，因此照理來說是嚴禁栽培的植物才對。

「我明天一早就去通報警備隊。」

聽到傑佛瑞這麼說，四名男子都恨得牙癢癢。

手持武器攻擊我們，應該會被處以相對應的刑期，不過他們不僅種植紅花菱草，還忽然襲擊人。若我和傑佛都柔弱無力，肯定會被殺害埋屍，孩子也無法倖免於難，這筆帳是一定要算的。

夜裡，男子們被綁著、放倒在屋外地上。克拉克少爺說「反正我大概睡不著」，自願與傑佛輪流負責看守。

隔天的日出時分，傑佛瑞騎馬到西碧爾鎮上通報警備隊。

在傑佛瑞回來前，我和諾娜徹查了整間屋子，尋找屋內有沒有藏著路標。屋裡沒有顯著的線索，因此我站在門口，再次細細端詳房內。

我覺得最不自然的是傾斜的天花板。天花板乍看之下是配合傾斜的屋頂搭建的，卻與屋頂的傾斜角度略有差異。說到底，這一種房屋的天頂和樑柱通常都會裸露在外，為什麼要鋪天花板呢？

「鋪天花板是為了避免冬天暖爐的熱氣散逸嗎？難道是為了收納什麼物品？但是沒有出入口啊。」

「媽媽，如果要調查閣樓，我可以爬到天花板裡面！」

「是嗎？那就拜託妳好了。」

我們找了一處被漏水侵蝕的地方，用馬車的車軸從下方打出一個洞。替換用的車軸派上了用場。

之後把桌子搬到洞口下方，又在桌上擺上一張椅子後，諾娜爬到椅子上。她雙手抓住天花板沒有被侵蝕的地方，以引體向上的技巧拉起身體。諾娜轉眼間消失在閣樓中，她的身手十分輕盈，我就沒辦法那麼矯健地爬上去，即便上去了，體重應該也會壓垮腐朽的天花板。

過了一會兒，諾娜叫喚說：

「媽媽，我發現一個用破布包著的壺器。」

我爬上桌說：

「可以先把壺器拿下來嗎？」

「好～」

諾娜趴在閣樓上，把一個以被破布纏繞包裹著的壺器交給我。

壺器是青銅製的，約三十公分高，沉甸甸的，壺蓋和壺身用蠟密封了起來。

我拿刀子削開封口蠟，看到壺內時嚇了一跳，裡面被一大捲羊皮紙塞得滿滿的。

塞在壺器裡的大量羊皮紙都保存得很好，劣化情況很輕微。我取出羊皮紙，以紙上寫著的頁數重新排列整理，發現大概有一本書的厚度。

最後剩下兩張沒有寫頁數的羊皮紙。

一張寫著**『往北前進，直到盡頭的瀑布，看向風，鼓起勇氣』**。另一張紙上寫著密密麻麻，語意不明的文句，因此我折起來收進口袋。克拉克少爺和諾娜頭靠著頭，專心讀起了那一疊羊皮紙。

諾娜讀到入迷時，不斷把臉湊近羊皮紙，而克拉克少爺有點困擾地拉開距離。這種情況重複上演，最後他用有點後仰的姿勢讀小說。

真是抱歉，讓你費心了，克拉克少爺。

「老師，這有可能是驚人的大發現喔。這不是埃爾默．阿奇博德的未發表作品嗎？幸好我有一起來！沒想到我能見證這種歷史性的大發現！我全身都泛起雞皮疙瘩了。」

「你會冷的話，要不要借你外套？」

克拉克少爺一臉興奮。他瞄了一眼諾娜，但沒有糾正諾娜稚氣的誤解。謝謝你，克拉克少爺，你長大了呢。

這個時候，屋外傳來好幾個人的聲音。

我急忙來到門外，看到傑佛瑞帶了超過十個警備隊的人回來。

「維多利亞，我現在要帶警備隊去看紅花菱草園。」

「路上小心。」

接著我向留下來的警備隊員說明昨晚遇襲的經過。

我以膽怯的表情控訴「我們是想帶孩子來這裡體驗『露營』的」、「遇到襲擊，我們害怕極了，昨晚都怕得睡不著」、「要不是我先生制伏了他們，我們全都沒命了」。

紅花菱草園被放火燒毀，一直燒到傍晚，黑煙從森林筆直地飄升到無風的藍天中。這樣就好，這樣就不會有人因那些植物而死了。

男子們被搬上馬載走，這一樁事件總算落幕。

晚餐時，傑佛瑞和諾娜說著「好吃好吃，空腹吃飯真的很美味」並把餐點吃個精光，克拉克少爺卻陷入沉思，看起來沒什麼精神和食慾。我看向傑佛瑞，不用多說他就明白了。

「他是我表甥，我去問吧。」

「他稱我為老師，或許由我去，他反倒比較願意說出口。」

我們討論著誰比較適合，最後決定由我去偷偷問他。

晚餐之後，我們坐在巨大的老樹樁上，我先開口：

「克拉克少爺，你是不是有什麼煩惱？」

「老師，我覺得自己很沒出息。歹徒攻擊我們的時候，我一點忙都幫不上，竟然讓小我六歲的女孩子保護我，太丟臉了。」

也對，真是抱歉，當時事出突然，我們固然是以安全為第一考量，但是說出「諾娜，保護克拉克少爺」這種話還是有欠思慮。

「克拉克少爺，每個人都有長處與短處，像你不是很擅長讀書嗎？這不是每個人都做得到的喔。」

「就算會讀書，我還是柔弱的男人。」

「男人一定要強悍，女人一定要端莊，是這些刻板印象讓你想不開罷了。那些都是別人的看法，不要用別人的看法折磨你自己的人生，太糟蹋了。」

「可是那樣才正常不是嗎？」

「若是以你在意的『正常』來看，我和諾娜都徹底『超乎尋常』喔，呵呵。」

克拉克少爺心裡肯定正想著（說得也是），我看他的表情開朗了一些。

「我和諾娜都能『裝出』淑女的樣子，但其實我們都活潑好動到不得了，儘管如此，傑佛瑞還是愛著我們，我們也很幸福。只要自己幸福，又何必聽信別人所謂的正常？」

「我也可以這樣想嗎？」

「可以啊！人生會在轉眼間逝去，我們去潘國的五年也是轉瞬即逝。你繼續為了他人的想法而活著，很快就會變成老爺爺了喔。」

「老師……」

「怎麼了？」

「老師果然是最棒的老師！」

「謝謝。諾娜也是，希望你用你的真心去看她。她是稍微活蹦亂跳過頭了沒錯，但是很可愛的。」

「是的，諾娜很可愛。」

他一說完就露出「慘了」的表情，是我過去熟悉的敏感少年。

「好了，雖然浪費了一天，但我們明天就出發吧。」

「好，就按照『往北前進，直到盡頭的瀑布，看向風，鼓起勇氣』的指示走走看吧。」

「媽媽，好開心喔！」

「很開心吧，諾娜。」

我們一家人這麼說著的期間，克拉克少爺又在筆記本上振筆疾書。進行記錄工作的他，換上了富有責任感的成熟表情。

隔天，我再用封口蠟密封青銅壺器，不是放回閣樓，而是挖了地洞埋起來。天花板都被破壞了，要是有人進入這間屋子，第一個注意到的一定是天花板。

我在不遠處挖洞埋壺，並蓋上落葉偽裝。

「嗯，仔細看也看不出來。」

「媽媽，我們快點出發吧！」

「我這就過去。」

我打算等穩定下來之後，再慢慢挑戰解讀口袋裡的羊皮紙。

「媽媽，我們要爬那座山嗎？」

「對啊。」

「老師，我是第一次登山。」

諾娜指著遠古時期曾爆發過的西碧爾山，現在是山坡平緩向外開展的蓊綠青山。還要前進幾公里才會抵達瀑布呢？嗯，埃爾默都去得了了，我們沒道理被難倒。應該吧。

我們騎馬朝瀑布而去，諾娜和里德共乘一匹。

斜坡愈走愈陡峭，腳邊的石頭從人頭大小，變成龐大如食堂餐桌的巨岩。

也許是這裡人煙罕至，有時兔子、狐狸和鹿看到陌生的入侵者會大吃一驚，一直盯著我們。

「維多利亞，我們再走一下就吃午餐吧？」

「好啊。」

讓馬兒休息的時候，我們也順便用餐。

傑佛把前一天多烤好的串燒肉切成薄片；我攪拌麵粉和水，並抹上一層橄欖油烤成薄片；諾娜負責切前天就用糖醋汁醃製的紅蘿蔔和洋蔥。我們家的規定是「有力出力」，里德則負責照顧馬兒。

「老師，這種時候有馬在好方便啊。」

「是啊，畢竟靠雙腳搬不動這麼多食材和工具。」

「好，準備好了，來吃吧。」

我們把薄肉片和醋醃蔬菜放在剛烤好的熱呼呼餅皮上，徒手拿著吃，一邊喊燙。

克拉克少爺替我們煮水泡茶。

「克拉克少爺真會泡茶呢。」

「謝謝，家母說男生最好能沖出一壺好茶，但是看到表舅，我覺得擁有愈多能力愈好。」

「媽媽總是會說：『能幹比不能幹有意思』。」

「是啊。」

不久後，我們只能下馬徒步爬坡，里德則把馬牽回石頭屋。

我們只告訴他兩天後會踏上回程，所以無論有沒有收穫，兩天後都會折返一次。

諾娜在我身後始終很愉快。

她哼著歌，輕巧地跨越樹根和岩石往上爬，走在她身後的克拉克少爺也精神奕奕。傑佛瑞注意著四周情況，踩著沉甸甸的步伐大步走著。

（好快樂，幸好有來。）連我都要哼出歌來了。

走了幾個小時，諾娜最先聽到聲響。

「有水聲。」

諾娜一說，所有人都側耳傾聽，遠方確實有水流聲傳來。但水聲或許只是透過樹林反射，我們在附近沒看到河川，也沒找到通往小河的斜坡。

不過所有人的腳步比之前更快了。再過不久就要天黑，比起尋找河川，我們決定繼續北行，竭力爬坡朝北方前進。在森林中前進一段時間之後，視野終於開闊起來。

我們看到一座瀑布。

瀑布不高也不巨大，不過水量很充沛。瀑布的水潭深不見底，水潭流洩而出的溪流沖刷山壁，形成了急流。

河道大幅偏離我們攀登上來的路線，由東往西流。

「原來如此，難怪不能將溪水當作路標，若是溯溪而行，就得在山中大繞遠路了。」

「幸好我們有依照埃爾默的提示走，才能用最短距離抵達瀑布。」

「媽媽，來找路標吧。」

「我來看看。」

克拉克少爺從背包中取出羊皮紙。

「上面只寫了『看向風，鼓起勇氣』耶，諾娜。」

克拉克少爺說完看向瀑布，我們也看了過去。瀑布製造出咚咚咚咚的震動聲響，並沖下豐沛的水量。「鼓起勇氣」與這座瀑布有關嗎？

這個時候，我想起以前學過的重要事項。

「聽我說，諾娜，我想請妳答應我一件事，妳千千萬萬不能靠近那個水潭。」

「咦？為什麼？我還以為鼓起勇氣跳進去，或許能有什麼發現耶。」

「妳等一下。」

我走進樹林找尋枯枝，並用劍砍下，之後將這根與成人手臂差不多粗的枯枝丟進瀑布的水潭。枯枝被瀑布水流拍入水中並下沉，不久後浮了起來，但之後又不停旋轉，同時再次被拍擊、沉入水潭裡。

諾娜和克拉克少爺看到不斷浮浮沉沉的枯枝都很驚訝，枯枝最後被摧殘得四分五裂，流出水潭。

「瀑布的水潭裡有很多這種水流漩渦，一旦被捲進去，不管是什麼游泳高手都會在水裡載浮載沉，轉眼間就溺死了，所以妳不要跳進去。」

「我知道了。」

諾娜總算理解瀑布水潭的恐怖之處了。她僵著一張臉。

其實我也只是在諜報員的培訓所中學過瀑布水潭的危險性，這是第一次親眼見證這種渦流。縱然我曾受過訓練，所以比一般人善於游泳，不過憑我的泳技，對那種渦流肯定也無能為力。面對殘虐無道的自然力量，還是敬而遠之比較明智吧。

諾娜和克拉克少爺說「要是有寫著路標的岩石就好了」，並去附近尋找，傑佛瑞則說「我去找找有什麼東西可以吃」就離開了。我拿出口袋中語意不詳的那張羊皮紙來看。

這張羊皮紙上沒插圖，只能靠文字解密，但我反覆讀了幾次都讀不出意思，也沒找到類似的線索。

「老師，怎麼了？」

「克拉克少爺，只有這張羊皮紙的字句語意不詳，我覺得這與路標應該無關，指向亡國王冠的路標大概另在他處。」

結果，那一天我們找不到路標，用營火烹煮了自備的食材填飽肚子。

或許是因為白天太疲勞，晚上所有人都睡著了，周遭一片安靜。我們蓋了張薄布以防夜露，每個人都在薄布下方睡在睡袋裡。

我坐起身，打算嘗試某件事。

我和傑佛會輪流添柴，因此營火燒得很旺。我抓起一根火把走到瀑布附近，火焰只在某一個地方搖曳得特別劇烈。

白天時，我只覺得有個地方會吹來冷風，但像這樣帶著火把到處走動，就發現煙霧只在某一處會突然被吹散。

瀑布和河邊的對流本來就比較旺盛，但是那裡的風向明顯與其他地方不同。

「安娜，妳發現什麼了嗎？」

「嚇了我一跳！你還醒著啊？」

「我沒有年輕到可以在這種地方熟睡啊。」

「只有這裡會吹來冷風，而且風向和白天時相反。」

傑佛瑞看向我手裡的火把。

他緊盯著火把，接著迅速走向瀑布旁邊的懸崖，拿起劍來。

「退開一點。」

傑佛瑞說完，就開始砍下那些攀在峭壁上的粗藤蔓。在「沙！」和「嚓嚓！」的聲響之後「鏘鏘！」一聲，他的劍砍上了硬物。

我將火把湊過去，發現一面明顯是人工搭建的石牆。石牆的右上角有一個兩顆蘋果大小的縫隙，冷風咻咻地從縫隙中吹出來。

與藤蔓覆蓋住的時候相比，現在能更清楚感受到冷風吹過。

「石頭堆起來的，大概是一扇門的大小呢。」

「從蓋住這裡的藤蔓來看，這面石牆已經堆起來很久了。」

「等明天太陽升起後，我們再把石頭移開，看看裡面的情況吧。」

「也是，夜深了，我們也該睡了。」

「嗯，老公。」

我在傑佛瑞身邊躺下，一邊把枯枝添進柴火中，一邊對他說：

「我今天看到樹枝掉進瀑布水潭裡的時候啊……」

「嗯。」

「再次體認到自己在培訓所學到了好多。」

「是嗎？」

「我們被交付的使命雖然是違法的，但是事過境遷後，我發現教官總是在傳遞一個訊息給我們這些小孩。」

「什麼訊息？」

「『不要死，無論如何都不能死』，總歸來說就是這一句。教官在教導我們時，一直如此期望著。」

傑佛瑞對此沒有任何回應，只是輕輕撫過我的臉頰。

隔天早上吃早餐時，我們告訴他們昨晚發現的石堆，諾娜和克拉克少爺就衝過去看。諾娜一邊咀嚼著食物，一臉興奮地回來。

「諾娜，妳才吃到一半。」

「可系摸摸，好不容易擠到哩。」

「妳真是的，太不端莊了。」

「老師，諾娜是在說『可是媽媽，好不容易找到了』。」

「我聽得懂啦，克拉克少爺。」

儘管諾娜曾有些微詞，不過克拉克少爺對她很溫柔。

吃完早餐後，我們四人開始搬石堆。由上往下依序搬除後，出現一個似乎有一定深度的懸崖裂縫。

而且石頭還搬不到一半，我們就看到了不得了的東西：人類的白骨。白骨很完整，而且穿著破破爛爛的衣服。骨骸有兩具，一具靠在牆邊，一具躺在裂縫裡面。

我請孩子們先等等，我和傑佛瑞先入內查看。兩具屍骸的胸部都有嚴重的傷勢，肋骨上有看似被劍砍斷的傷口。

「這是用劍高手呢。」

「是啊，連肋骨都被砍斷了，可能也傷到肺部和心臟了。」

「媽媽，我們也可以進去嗎？」

「你們不怕的話就進來吧。」

諾娜靠過來看白骨，一臉稀鬆平常，克拉克少爺則看著骨骸，在筆記本振筆疾書。

「媽媽，『鼓起勇氣』指的是這個嗎？」

「不曉得，你們看那裡。」

我看向裂縫深處。

那裡相當陰暗，還躺了三具化為白骨的遺體。白骨總共有五具，這裡究竟發生過什麼事？

我們繼續往裡面走，靠近那三具骨骸，並望向裂縫深處。那裡一片黑暗，縱使有風吹拂而來，卻不見一絲光線。

「這五具屍體的服裝都和視這一帶為聖地的民族不同呢，它們的服飾反而是屬於艾許伯里、蘭德爾和哈格爾這些地方。」

「我們看看能前進到什麼地方吧。」

「裡面很窄呢，反正不會有人來這裡，我們把行李都放下吧。」

我們在狹窄的裂縫中彎腰前進。有好幾處寬度窄小，即便側著身體走也會蹭過牆壁。天花板也很低，若是蹲得不夠低，也有很多地方過不去，而且一路都是上坡。

我們四人中，此刻最辛苦的應該是塊頭最大的傑佛瑞，不過他還是很關心我們，不斷出言鼓勵。

就在我的下半身和背部肌肉開始抗議，腳也開始腫脹的時候，一如預期，我們看到出口了，而且是成人可以通過的出口。

此刻，我們全都仰躺在地上。以不習慣的姿勢走了大半天，大家都氣喘吁吁地望著天空。

「媽媽，妳還好嗎？」

「嗯，諾娜和克拉克少爺還好嗎？」

「我很好！」

「我也沒事。」

我們抵達的地方景觀很奇特，左右兩邊是聳立的圓弧形峭壁，崖壁圈出一塊遼闊的圓形土地，宛如巨大的湯杯或洗臉台。崖壁近乎垂直，裂縫似乎貫穿了那面崖壁。

「好在那個裂縫是通往這裡。」

「路上有好幾個地方特別窄，衣服都沾滿泥土了。」

每個人的衣服確實都是泥土。

「傑佛，這裡是……」

「是火山口裡面吧。」

「艾許伯里王國知道這個地方嗎？我現在才知道。」

「我曾聽說可能有火山口存在，但是沒聽說有人進來過，大概也沒什麼奇人會想攀上幾乎垂直的峭壁吧。種植違法植物的那群人似乎也很怕被我之前說的民族攻擊，沒有繼續往深山開發。」

「守護聖地的民族還在這附近看守嗎？」

「他們似乎是這麼認為的。」

「媽媽，王冠在這裡嗎？」

「不曉得，不過應該有什麼理由才會特地把裂縫遮蓋住吧。」

克拉克少爺又專心一意地做起記錄。

傑佛瑞替我按了按背部與腿部舒緩痠痛。他分明是最辛苦的，卻理所當然似的想保護、照顧我們，這樣的傑佛瑞令人憐愛。有他在我身邊，讓我打從心底感到踏實。

在二十八歲與傑佛瑞結為連理之前，我都堅信將性命託付給他人、讓人保護是愚不可及的行為。不過，我現在對他沒有一分一毫的懷疑，這種內心的踏實感強烈到難以言喻。

傑佛瑞在幫我舒緩背部時，諾娜輕輕碰上我的手。

「媽媽。」

「怎麼啦？」

「我覺得我在瀋國勤奮練武，就是為了今天這種日子。如果我們在這時被保護這裡的民族攻擊了，我會保護媽媽的。」

「謝謝妳，諾娜，不過保護小孩是為人父母的職責喔。」

「沒關係，我還是會保護媽媽。」

「老師，我也會加油的。」

「謝謝你們，我們一起加油，得調查一下這裡有什麼才行。」

我們往火山口的中心前進，火山口內茂密生長著各式各樣的矮樹，高度大概都只有兩、三公尺，還能聽到鳥鳴。

大家一邊走一邊看著四周的景色與腳邊，發現了一條涓涓細流的泉水。諾娜詫異地看著它：

「山頂上也有湧泉水啊。」

「大概是土壤和樹木儲存著下在火山口的雨水，然後慢慢形成泉水的吧。」

傑佛瑞掬起一捧水，喝了一小口。

「沒有刺激性，反倒是很美味的泉水，但一次不要喝太多比較安全，畢竟有時候喝完會不舒服。」

我們都喝下一捧泉水。

「它的美味都滲透到全身了呢，傑佛。」

「有甜甜的味道耶，媽媽。」

「諾娜，那是妳的錯覺啦。」

「我是說真的，克拉克少爺你明明也這樣覺得。」

大家都因為泉水恢復了精神。

好了，這裡有王冠之類的東西嗎？

「我們一起想想看吧，我覺得名為王冠的寶物肯定就在這裡。」

「可是媽媽，這裡除了草木、岩石之外，什麼都沒有耶。」

王冠是在比喻什麼呢？

我們研判這裡沒有大型肉食性動物，決定分頭自由行動。也許是因為四周有崖壁環繞，聲音傳得出去，有什麼萬一也能趕過去。

諾娜一轉眼就跑遠了，克拉克少爺跟在她身後走過去。

我和傑佛瑞朝火山口中心前進，走下和緩的斜坡。

火山口的中心生長著茂密的矮樹，散落著大小不一的岩石或石頭，這些石子幾乎都是白色的。

諾娜在遠處的巨岩跳上跳下往前進。這孩子怎麼會這麼有活力？

「要是有東西可以吃就好了！克拉克少爺！」

「就是啊！諾娜。」

他們響亮的聲音傳過來，歸國隔天的尷尬感已經消失了，兩人又是當初一起學外文的好朋友。我看著他們的時候，發現諾娜用手擦拭某個物品，之後放進口袋。

「怎麼了？妳找到了什麼有趣的東西嗎？」

「沒什麼，沒事。」

「是嗎？不要離我們太遠喔！」

「好～」

結果我們一無斬獲，是時候該回去石牆的另一端了。傑佛瑞把孩子叫回來，說明了接下來的計畫。

「我們再待一下就先折返吧，先回去吃個午餐再回來探險。那道裂縫太小了，我們的行李也搬不進來，所以據點就設在那邊。今晚在火山口外露營，下雨的話再到裂縫裡睡，但就要跟白骨一起睡了。」

「好，爸爸。」

「知道了，傑佛表舅。」

孩子們又跑去遠一點的地方，開始用樹枝挖地面或者翻動石頭。

我決定和傑佛瑞分享一件我一直在思考的事，因為我不想瞞著他。

「傑佛瑞，我說過有寫著小說的羊皮紙被塞在壺器裡吧？上面除了指示我們往北找到瀑布之外，還有一張文章語意不詳的羊皮紙。就是這張，你看看，我覺得應該是比《失落的王冠》更困難的密碼。」

我將語意不詳的那張羊皮紙遞給傑佛瑞，他看了一會兒卻說「我完全看不懂。」並還給我。

「安娜，然後呢？」

「我想在交給克拉克少爺之前自己先解密。」

「我覺得沒問題啊，沒有人有權利對妳提出異議吧？是妳破解了書中的密碼，壺器也是妳和諾娜找到的，本來就沒必要交給克拉克。當作是送給巴納德舅舅的禮物也不錯？舅舅一定會非常高興的。這由妳決定就好，羊皮紙的所有權在妳。」

「你不會不高興嗎？自己的妻子竟然這麼愛解密。」

「妳怕我不高興嗎？」

傑佛瑞用看著諾娜他們熟睡時的眼神看著我，表情有一種說不出的溫柔。

那張臉龐不但俊秀，而且充滿了愛意，儘管我們一起生活了五年之久，我仍舊不禁看得入迷。傑佛瑞大概就算老了，也會是個玉樹臨風的老爺爺。

「妳應該去做妳愛做的事，我想看看妳解密時的表情，因為妳專注於解密的神情肯定很美。我一定會看得如痴如醉，心想我的妻子怎麼會這麼迷人。」

「呵呵呵，要是被諾娜聽到，她一定又會露出傻眼的表情。」

「那就讓她傻眼吧。等我們感情要好地合葬的時候，她大概會對某個人說『我家兩老感情好到讓人傻眼』吧。」

我稍微想像了一下，我的墓地就在他的旁邊。

嗯，讓人感覺內心非常平和。若此生走到盡頭還有他相伴，即便年老死去都不再可怕了。

「我就趁這個機會老實說了。」

「怎麼了？」

「我總是卯足全力，以防妳厭倦我了。我想時時刻刻在妳身旁，也不希望妳被人橫刀奪愛，也期望能得到妳更多的愛。呵！說出這些話，令人非常難為情呢。」

說到這裡，傑佛瑞用一隻手摀住了臉。

我聽著他說，也感覺自己的臉和耳朵都紅了。

我的前半生，都是為了能與他相遇，與他攜手共度——成婚之後我一直這麼認為，但是還沒對傑佛瑞說過。這些情話，我要留在自己心中。

我們再度費盡千辛萬苦鑽過崖壁的裂縫，回到瀑布附近卻發現我們的行李被亂翻一通，撒了一地。

小偷似乎是肚子餓了，只有食物徹底消失了。

「不會吧！媽媽，怎麼會這樣？」

「我們被洗劫了。」

「老師，到底是誰會做這種事？」

「不敢相信，我珍藏的糖果也不見了！」

「唉呀，諾娜，妳還帶了糖果來嗎？」

「嗯，瓦莎給了我蜂蜜口味的糖果，說『可以在路上享用』！我很珍惜，一天只吃一顆耶！我絕對不饒過那個小偷！」

諾娜盛怒之下連續使出迴旋踢。我明明就叫她不要這樣了。

「傑佛，這裡有人走過的痕跡，怎麼辦？要追上去嗎？」

「只有我們倆的話就追上去了，但是我們可不能丟下孩子離開這裡……」

「我要去！媽媽、爸爸，我也要去，我要討回蜂蜜糖！」

里德明天才會過來，沒有食材的話，我們就要先回那間石頭屋一趟。沒食物又沒馬會非常辛苦，希望至少能討回一半的食材。

現在或許還追得上小偷。

問題在於克拉克少爺，他應該無法保護自己，若小偷人數眾多，可能會害他身陷險境。

克拉克少爺似乎看透了我的心思，他說：

「表舅、老師，我雖不諳劍術，但是我會說史巴陸茲語。這裡靠近史巴陸茲王國的國境，洗劫我們的有可能是史巴陸茲人，到時候我來負責口譯，避免雙方開戰。我也能派上用場，請帶我一起去。」

「你會說史巴陸茲語嗎？」

「會的，表舅。老師和諾娜消失之後，我希望未來重逢時能讓她們見識到我外語流利的樣子，想讓老師大吃一驚，因此我很努力學習。艾許伯里鄰國的語言我姑且都會講。」

真是堅強的孩子。

我開始深思（顧慮到克拉克少爺的心意，是想帶他一起去）時，傑佛瑞爽快地允諾了。

「好，我知道了，克拉克也一起走吧。小偷或許是遇到了什麼困難，逼不得已才來偷食物的，你會說史巴陸茲語的話，我也放心許多。你放心，我和維多利亞會保護你的。」

「謝謝！」

是啊，畢竟諾娜能保護自己，我們就專心保護克拉克少爺吧。說到掩護和護衛目標，我有的是經驗，保護像他這麼聽話的人根本是小事一樁。

於是我走在隊伍的前頭，孩子走中間，傑佛瑞殿後。我們跟著小草被踩踏的痕跡，注意四周情況並前進。

走了超過三十分鐘，我們找到了小偷的家——如果這裡稱得上是家的話。

小偷將藤蔓掛在周遭的樹上，並鋪上層層的枝葉當作屋頂，搭建出這間破破爛爛的小屋。比起房屋，這看起來更像是營地。附近雖然只看得到一點地面，但是森林的各種植物都離屋子非常近。

看來小偷暴飲暴食了一番，包著食物的油紙散落一地。這樣亂丟，野獸會被氣味吸引過來啊。

「我去。」

「讓我來。」

「你可能會嚇到對方，而且我看小偷過著這麼窘迫的生活，大概沒什麼體力，所以我來吧。」

「好，那拜託妳了。我們在這裡看著，有什麼問題妳就衝出來。」

「我知道了。」

我擺出隨時可以拔劍的姿勢走近小屋。屋內沒有任何聲響，我悄悄走近，探頭往裡面看，一股惡臭撲鼻而來。一名年約十五、六歲的少女在屋裡睡覺。

她的四周放著各式各樣的食物，看起來是用偷來的食物填飽肚子後犯睏了。

我回頭對他們點頭表示「沒問題」，等所有人過來之後，我開口：

「起來。」

我一出聲，少女就跳起來。她看到我們立刻想逃出去，不過傑佛瑞敏捷地抓住她的手臂並抱住她。少女想要張口咬他的手，讓傑佛瑞有點為難。

她一動就會有臭味飄散出來。為什麼會這麼臭？味道很像野獸的排泄物。

少女的雙手從後方被架住，但她的雙腳還是不停亂踢，試圖反抗。而克拉克少爺對她說起外文，她一聽就停下動作，激動地向克拉克少爺說著什麼。

我不懂史巴陸茲語，因此交給克拉克少爺處理，等待對話結束。在經過一段時間的深談之後，他一臉悲傷地向我們說明：

「她說因為史巴陸茲推行的政策，她被迫跟職場的雇主成婚，但是那個男的太恐怖了，於是她逃了出來。據說史巴陸茲想要強制收編這一帶的民族為國民，因此強逼他們成婚。她已經舉目無親、孤立無援，所以就逃到這裡過生活。」

「克拉克，她是從什麼時候開始過這種生活的？」

「她說大概三星期前，這股臭味是她用熊糞加水，塗在身上而散發出來的。因為有熊糞的氣味，其他野獸就不敢靠近了。」

「啊啊，難怪。」

史巴陸茲王國和艾許伯里王國之間沒有什麼邦誼。

我從沒聽說他們在推行這麼蠻不講理的政策，傑佛瑞和克拉克少爺也渾然不知，兩人都一臉難看。

「傑佛瑞，我想拜託你一件事。」

「啊，真巧，我也想拜託妳一件事。我們收留這孩子吧。」

「太好了，我也這麼想。」

「爸爸、媽媽，我們要把她帶回家吧？可以吧？」

「是啊，比起尋找王冠，照顧活著的人類重要多了。」

克拉克少爺再次替我們翻譯，少女雖然膽怯也同意了。不過，以她的處境來說也拒絕不了吧。少女名叫鷗麗，今年十六歲。

「先想辦法處理這股臭味吧。」

「是啊，先回瀑布洗澡吧，我的身上已經沾上臭味了。」

我們要回了鷗麗吃剩的食物，所有人捧著行李，回到瀑布附近。

鷗麗似乎很信賴克拉克少爺，有他在身邊就會感到安心，因此克拉克少爺和鷗麗走在我和傑佛瑞中間，諾娜跟在他們後面。

回到瀑布後，我請兩個男生幫忙把風，和諾娜徹底把鷗麗洗乾淨。初夏時節的瀑布水仍舊冰冷，鷗麗洗到嘴唇發紫，但還是只能請她暫且忍耐，不然實在臭氣熏天。

鷗麗洗澡的時候，傑佛瑞生了一團熊熊大火，讓洗完澡後渾身發抖的她取暖。

我用討回來的食材煮了湯，鷗麗狼吞虎嚥地喝完了她的份。

全身被我們用力刷洗過的鷗麗有一頭亞麻色的長髮、一對紅棕色的眼睛，是個十分漂亮的女孩。原來如此。

「幸好我的替換衣服她正好穿得下。好了，里德明天才會上山，所以我們別等了，直接下山吧，等一切塵埃落定再回來也無妨。」

「是啊，難保史巴陸茲的人不會來找鷗麗。」

我們又在崖壁的裂縫前堆起石牆，意思意思地插上附近的草或樹枝，遮掩住裂縫。儘管一眼即知，但總比什麼都不做來得好。

畢竟裡面躺著五具身分成謎的屍骨，雖然是白骨，但倘若有野獸來翻動也未免太可憐。

我們在返回石頭屋的路上稍作休息時，克拉克少爺憂心忡忡地詢問我：

「老師，瞞著史巴陸茲的人把她帶回艾許伯里，不會出什麼問題嗎？我很擔心老師會揹上罪名。」

「克拉克少爺，我和傑佛瑞只是收留了在我國森林中迷路的女孩。我不曉得她是哪一國人，因為我們的語言不通，克拉克少爺不是也因為她的口音太重而聽不太懂嗎？」

我以戲劇化的表情和口吻說完後，他「啊」了一聲，低下頭竊笑。

「對對對，我太粗心了。」

第五章 ★ 寵物西碧

與馬匹一起顧家的里德很意外看到我們提早一天回來，更意外我們帶了一個陌生少女回來，不過聽過來龍去脈後，他也可以理解。

「夫人，我聽商人們說過，西境森林的人民豪放不拘，不聽從國家的管束，而史巴陸茲王國為了收編他們，強迫他們與自己國家的國民成婚。然而森林族沒有受過教育，生活一貧如洗，與森林族成婚的國民其實另有打算。」

「打算？」

「聽說在提交婚姻證明之後，他們就會把森林族當免錢的傭人任意使喚，十分嚇人。」

「竟然如此，那不是就跟奴隸一樣嗎？」

「對，行腳商人說根本是奴隸。就算他們無法忍受嚴苛的環境而逃進森林裡，還是會被強行帶回。我聽到時原本還半信半疑，沒想到是真的。」

我不禁看向鷗麗。她現在已經睡著了，想必是累壞了。

她不想睡在睡袋裡，或許是因為在睡袋裡很像遭到束縛。我們幫她把睡袋鋪在地上，再蓋上我的外套後，她才終於放寬了心。

我拜託里德：

「你幫我看著，不要讓她悄悄跑掉了。」

我提來井水，生火為大家泡茶。

諾娜坐在樹樁上，雙手捧著木杯喝茶。看到她這個模樣，我提醒她我從剛才就很在意的事。

「諾娜，妳又撿石頭了？妳的褲子口袋好像快破了。」

「對啊，我找到非常漂亮的石頭。」

諾娜很愛石頭。

我知道她其實想養貓貓狗狗，但是在我與傑佛瑞成婚前，我們一直居無定所，實在沒辦法與動物一起生活。赴瀋期間我們也是寄人籬下，租住在別屋，沒辦法飼養生物。

從我成婚前四處搬遷的時期開始，諾娜看到漂亮、有趣的石頭都會撿起來，並以拾獲地點為它們命名，對它們講話。

諾娜某次撿了石頭說「這是我的寵物」，讓我真是心疼又愧疚，忍不住暗中悶聲哭泣。

「總之妳先把口袋裡的石頭拿出來。再繼續放著，不是口袋破洞就是褲子要變形了。」

「好～」

諾娜應聲，把口袋裡的石頭拿出來。我看到她的石頭後眨了眨眼，諾娜心滿意足地笑道：

「很漂亮吧？我覺得這是我有史以來撿過第二漂亮的。這孩子叫西碧，在西碧爾山撿到的，所以叫西碧。」

「可以給媽媽看一下嗎？」

「可以啊，可是我不會送給媽媽喔，這是我的寵物。」

那塊白色石頭大約是成人手掌的大小，凹凸不平的，和許多掉在火山口地上的石頭一樣。諾娜選擇它的理由一目了然，因為石頭中混雜了一部分的金色斑點。我以前看過幾次金礦石的展示標本，但從來沒見過一塊石頭有這麼高的含金量。

諾娜看到我那麼驚豔，沾沾自喜又得意地解釋：

「還有更大塊的石頭，但是太重了，所以我選了這一塊。我喜歡寵物小一點，可以放進口袋裡。」

「諾娜，這個可以借我嗎？」

「咦咦咦？它是我的西碧耶。」

「借一下下就好，之後一定會還妳。」

「那就一下下，一定要把西碧還我喔。」

我帶著石頭去找休息中的傑佛瑞，一聲不吭將石頭遞給他，他來回看了兩次後抓起來，湊近眼前。

「嗯？嗯嗯？安娜，難道這是……」

「是金礦石吧。『失落的王冠』多半就是它了。我原以為是黃鐵礦，仔細看才確定是黃金。」

「這……可會天下大亂啊。那座火山口被劃分在我國領土內，但是史巴陸茲王國知道了……」

「還是要看礦脈規模和含金量，但我想一個搞不好，也有可能再度引發戰爭。」

「這是諾娜的寵物嗎？」

「對。」

「暫時先由我保管吧，要是諾娜帶在身上，被其他人看到就麻煩了。」

「我也這麼想。」

「不過，含金量這麼高的石頭竟然大剌剌地掉在地面上？說不定可以進行露天開採呢。」

「真的是個不得了的發現啊。」

傑佛瑞沉思了半晌，終於開口：

「小說的作者埃爾默為什麼要把金礦石的事寫成密碼？」

「不知道，而且明明能輕鬆取得黃金，我不懂他為什麼要在深山中過著不便的生活。」

我拿出口袋中那張文章語意不明的羊皮紙。

「解讀完這張之後，可能會有所發現，我從今晚開始稍微認真地解密好了。這麼一來，我們應該把這塊金礦石的事告訴克拉克少爺吧？」

「那座火山的擁有者是國家，我們沒道理瞞著克拉克這位文官。」

「說得也是。」

那天晚上，我們都在石頭屋過夜。

我說要在外頭守夜，藉著營火的火光努力破解羊皮紙密文。

我試過了我所知道的所有解密法，但完全找不到答案。

以前，哈格爾的組織裡有一位擅長加密與解密的天才諜報員，現在還在使用的加密法，就是根據這個人創造出來的加密法變形改良而成。

我善於解密，卻無法發明出加密法。天才構思出來的密碼很精良，是以數字的組合當作金鑰，只要有金鑰，再複雜的文章都能安全流通，這次使用的或許也是那種加密法。

我想重新嘗試有沒有可以用來解密的金鑰時，傑佛瑞走出了家門。

「安娜，我來換班，妳最好去睡覺。」

「也對，謝謝。」

我暫時放下解密工作，進石頭屋裡睡覺。

隔天，為了確認金礦石的存在，我們四個人再度前往火山口，里德和鷗麗則留下來看家。我們又費盡千辛萬苦鑽過那個裂縫，進入火山口。火山口和昨天一樣和平，可以聽到小鳥的鳴叫聲。這是個矮樹林立，一地白石的安靜世界。

「我是在這裡找到西碧的。」

諾娜在火山口中帶路，我們跟在她後面走。

她拾獲西碧的地方果然有很多金礦石，乍看之下只是普通的白石，用手擦拭掉泥土之後，石頭的金色斑紋反射著陽光，閃閃發亮。

「好驚人，這裡究竟藏了多少金子啊。」

克拉克少爺一臉興奮地低聲說。

「希望這不會引起什麼爭端。」

傑佛瑞則一臉憂心忡忡。

「爸爸，我可以帶回去送給巴納德老爺和蘇珊小姐嗎？」

而諾娜還不懂事情的嚴重性。

「啊～不要給蘇珊小姐好了，可能惹來各種麻煩。」

「咦咦咦！好可惜。巴納德老爺可以嗎？」

「舅舅大概只會私下欣賞，送他應該可以吧。」

「太好了！」

克拉克少爺也撿起一塊小石頭，擦去泥土，然後猛地看向我。

「老師不帶一個回去嗎？」

「我不用。想欣賞的時候，我再請諾娜借我西碧就好。」

「嗯，好啊，只是偶爾看看的話，我可以借給妳。」

「謝謝妳，諾娜。」

我們離開火山口，回去與在原地等待的鷗麗和里德會合。

大家一起回到石頭屋，預備隔天返回王都。當天晚上，我也趁大家睡著後獨自來到營火旁解密。

然而，這項任務實在超出了我的能力範圍，即將天亮時，我已筋疲力竭。

「該睡了。」

天亮就要前往王都了。

我突然閃過一個念頭：（雖然肯定是徒勞，但把卡蘿萊娜公主的姓名當作數字金鑰解解看好了。）我使用哈格爾的天才發明出來的方法，將卡蘿萊娜的姓名換成數字，並依照那串數字順讀、倒讀文章，挑出符合的文字寫下來。

結果……

原本語意不明、只有單字排列的文章中，竟然接連浮現出詞彙。

我連忙抓起紙筆寫下這些詞彙，睡到一半醒來的傑佛瑞似乎也看出了端倪，一臉欲言又止地看著我。

我連向傑佛瑞解釋的餘力都沒有，不斷在紙上寫下浮現出來的詞彙。

最終，被埋沒的真相出現在我眼前。

沒想到艾許伯里語的文章中，藏著使用哈格爾加密法的密文。

浮現的文章內容，想必連歷史學家巴納德在老爺和其他人都難以想像。

我依照解密規則不斷寫下單字。

冒險小說家埃爾默．阿奇博德在羊皮紙上的文章中，暗藏了密密麻麻的密文。解開後的內容如下：

我是埃爾默．阿奇博德，在艾許伯里當臥底諜報員，假扮一名商人。

常常進出王城的我，是五公主卡蘿萊娜鍾情的對象。

某一天，公主卡蘿萊娜有事相求。

「我和蘭德爾王子的婚事已定，他的三任妃子都已逝世，而我被選為第四任。傳言說三名妃子都是死於王子的暴行，我很怕自己也被打死。如果你能幫我逃出王城，我就把所有寶石都送你。」

我從以前就深受公主卡蘿萊娜吸引，左思右想，最後答應了她的請求。

我們逃出王城，混在西碧爾森林的拓荒團中。我在拓荒團的聚落中開了間理髮店兼雜貨店。

公主過不慣這種生活也沒說過喪氣話，再嚴苛的生活她都忍了下來。每到假日，我們就會去森林未開發的區域，享受探索的樂趣。後來也實現了公主的願望，在深山蓋了間石頭小屋。

某一天，我們發現了通往火山口的裂縫。

我們穿過裂縫，在火山口中發現了金礦石。

幾顆金礦石被我們帶回來裝飾臥房。我們都怕引人注目，因此沒有坐吃金山，而是繼續工作。

不料某一天，組織的人找到了我。

他們闖進我家，看到臥房的金礦石，並說只要告訴他們金礦石的地點就放我一馬。

我帶這五個男子進入火山口，他們在出來的時候想將我滅口，但被我反將一軍。我身負重傷，在妻子的照料之下才勉強康復。

我在晚年把自己的經驗寫成小說。

妻子則壽終正寢，前往天庭了。

她臨死的心願是『我對國家沒有任何貢獻，作為我微不足道的歉意，希望你能把金礦的事轉告艾許伯里王家』。

但是，艾許伯里王家明知我妻子有被打死的危險，卻還是逼她出嫁，我不想讓他們輕鬆得知金礦的存在，因此我在艾許伯里語的小說中暗藏了哈格爾用的密碼，寫了小說的羊皮紙就當作未發表作品，塞進壺器中。

能夠破解密文、找到王冠的人，就可以得到金礦脈。

我們夫妻的真實身分和金礦脈一事，都沒有告訴我們的孩子，希望我們的孩子過著平穩的人生。

小說書名是《失落的王冠》，這份密文是埃爾默．阿奇博德的遺書。

「原來你是諜報員嗎……」

我對著書說。

一百年前，認為艾許伯里和蘭德爾有聯手的疑慮而潛入臥底的諜報員，十之八九是哈格爾派來的。

《失落的王冠》的作者埃爾默．阿奇博德，是我在哈格爾王國特務隊的前輩，同時也是叛逃組織的前輩。

「呼……」

我吐出長長一口氣。

我看傑佛瑞坐立難安，於是將解密時寫下密文的紙交給他，他詳讀之後一臉震驚地看向我。

「所以說埃爾默是哈格爾的諜報員嗎？」

「應該是，我也很意外。」

「而且他還把五公主帶出王城，與她作為夫妻生活？」

「好像是。」

「太意外了，沒想到這麼像冒險小說的劇情實際發生過。」

「就是啊。」

傑佛瑞盯著我的臉。

「怎麼了？」

「妳果然是高手。」

「呵呵，謝謝稱讚。好久沒那麼興奮了，真開心。」

「不過，這麼短的文章裡怎麼有辦法隱藏這麼長的密文？」

「這種加密法的優點就在這裡，走到文章最後，再依照數字的指示倒讀回來就好。但若不是語彙量十分豐富，也用不了這種方法。」

埃爾默隱瞞一切，保護自己的小孩。

一百年前的諜報員埃爾默縱然與我有許多共通點，但這一點是決定性的差異。

我向諾娜坦承自己身為諜報員的過去，並讓她學會防身術。是一無所知比較安全，還是知悉一切後學會自保比較安全？

我不知道什麼是正確答案，但我是認為「有備無患」的人。

我想讓諾娜平平安安長大。

我想和傑佛瑞攜手共度下半輩子。

這是我唯二的願望，我不需要金礦石，因為我的願望都是黃金實現不了的。

隔天，我挖出埋在土裡的壺器，將那疊羊皮紙收進包包。之後所有人上馬，踏上返回王都的歸途。這趟假期比預期得還短。

「要回去了嗎？」

「這是多虧諾娜喜歡石頭的嗜好，幫上了大忙。」

「我還想在森林裡多體驗一下露營耶。媽媽，什麼時候可以把西碧還給我？」

「回家之後再還妳。」

「真想快點把禮物送給巴納德老爺。」

克拉克少爺聽著我和諾娜的對話，勾起微笑。

（啊啊，克拉克少爺可以露出那麼成熟的微笑了啊。）這個神情，讓我切身感受到分隔五年的漫長歲月。

我們帶著鷗麗往王都前進，放在森林裡的馬車安然無恙。

在馬車裡的鷗麗依然像隻膽怯的小鹿，緊黏著克拉克少爺。

諾娜不斷比手畫腳，表示想加入他們的對話，但是鷗麗毫無反應。

中途她只好作罷，十分垂頭喪氣。我安慰她：

「等鷗麗稍微穩定下來之後，或許就會接納妳了。」

「希望是這樣。」

諾娜很少露出這麼氣餒的神情，看得我好心疼。

上馬車前，我和傑佛瑞縝密地討論了一番。

我們決定不要把埃爾默藏在密文中的遺書告訴克拉克少爺，這是傑佛瑞的堅持。

「五公主卡蘿萊娜與埃爾默白頭偕老，幸福地結束了一生。事到如今，就算得知『公主和諜報員成婚』的消息也不會有人高興。她的後代都不是王族，親兄弟也全是天庭的居民了。」

「我們明明查出了這個國家至今的歷史謎團，卻為了隱瞞我的解密能力祕而不宣啊。我不知為何好愧疚，真希望有什麼好方法，至少可以告訴巴納德老爺真相。」

傑佛瑞輕輕搖頭。

「一旦得知密文內容，國家就會想知道是誰解開那串困難的密碼，我很肯定。這樣妳改名、消失五年就沒有意義了。」

「嗯，是啊，確實是這樣。」

最終，我們決定不把埃爾默的遺書告訴克拉克少爺。

並且再次提出請求，要他盡可能刪去同行紀錄中關於我們家的記載。傑佛瑞在出發前就提出同行的條件，真是未卜先知。

克拉克少爺答應我們會刪除關於我們的記錄，只報告下列事項：

『我們遵循在旅途目的地偶然發現的路標指示走，在幽深的森林中發現一間小屋。』

『從那間空屋尋獲壺器裡的羊皮紙。』

『依照羊皮紙的指示，找到了懸崖的裂縫。』

『裂縫一路通往火山口，在火山口中發現了金礦石。』

「好，這樣就好。」

「把我們的事刪得一乾二淨呢。」

「傑佛表舅，我這樣就心滿意足了。很感謝你們讓我同行，這是我人生中第一次有那麼緊張刺激的體驗。」

「我也很開心。」

「我也是，克拉克少爺。」

所有人都滿意，這樣就好。

回程和去程花了一樣的天數，我們回到王都的宅邸。

鷗麗看到克拉克少爺趕著回家，一直不想跟他分開，但是決定帶她回來的是我和傑佛瑞。

「擅自將外國國民帶回國內，未來可能會被國家咎責，這個罪責應該要由我們家承擔。若在封爵前被問罪，懲罰會是撤銷封爵和遷出此地吧。」

傑佛瑞笑道。不過他原本就顧念著我，不是那麼樂見封爵一事。

克拉克少爺說「我得將記錄整理成正式的報告書，提交給艾德華表舅」，就興致高昂地回家了。

被留下來的鷗麗還沒有對克拉克少爺之外的人敞開心門，所以我也得盡快學會史巴陸茲語。

「妳要住這裡，懂嗎？」

「好。」

「不會再有人會抓妳，也不會使用暴力。」

「好。」

我對她說了幾句克拉克少爺教我的史巴陸茲語，她至少願意回應了。

鷗麗曾遭受雇主什麼樣的對待？十六歲的她，身心靈不知受到多大的創傷，看她膽怯成這樣，我也很心疼。瓦莎聽了緣由之後，也皺起眉頭。

「太可憐了。夫人，要怎麼對待鷗麗小姐呢？」

「在和她討論、決定好之前，麻煩妳當她是賓客。幫我準備幾套她可以穿的衣服好嗎？也教她怎麼使用家中設備。如果不知道該如何判斷時，就算是小事都一定要問我。」

「好的。我還要向夫人報告一件事，是關於妳給我們的藥品。」

「怎麼了？」

「治療手部粗糙的軟膏和止痛的口服藥，效果都非常好。」

「對吧？有用就好。」

「但我不小心對合作的蔬果店誇讚這些藥品，對方就請我分一點給他。我也不能免費送人，所以可以請夫人訂個價錢嗎？」

「好啊，我會在明天前訂個價錢寫給妳。」

「非常對不起，我如此自作主張。」

「沒關係，藥品有愈多人用愈好。」

鷗麗就交給瓦莎照顧，我們一家三口去拜訪巴納德老爺家。和諾娜並肩走著的同時，我想起昨晚的對話。

傑佛瑞對埃爾默的遺書非常謹慎。

「舅舅是學者，他若知道真相一定會在學會上發表，為的不是名聲，對他來說，挖掘埋沒在歷史中的真相並公諸於世，是學者的使命。可是，倘若藏在那份遺書中的密文被公諸於世，一定會有人討論起解密的人是誰，那就不妙了。」

「是啊。」

「雖然對長年追求真相的舅舅很抱歉，但我不希望有人查到妳身上。」

「嗯。」

我當然也懂這個道理，若是把遺書內容告訴巴納德老爺，遺書又被公開，可能就會有人查到解開密文的我身上，如此一來，或許有人會查到我偽造過的經歷。

我表面上是個被男爵家收養的平民，但若在平民安娜的出生地調查這個人，會被發現查無此人。

我一邊走一邊苦惱，不知該如何是好時，諾娜緊緊握住了我的手。她是在擔心我吧，我也緊緊回握住她的手，示意我沒事。

我們走了一陣子，抵達巴納德老爺家。

「唉呀，怎麼了？你們已經回來了嗎？我還以為會去兩個月呢，只靠那些線索，果然很難找到王冠嗎？」

巴納德老爺一迎接我們入內就這麼說。

我們出發不到一個月就回來了，也難怪巴納德老爺會誤會。在我說明來龍去脈之前，諾娜迅速從手提包中拿出石頭交給巴納德老爺。

「給你！這是說好要給你的伴手禮，我從西碧爾撿回來的！」

「喔，是石頭嗎？我再也沒機會去西碧爾了，真是高……」

巴納德老爺的話說到一半停了下來。

他猛地瞪大眼睛，老花眼鏡戴戴脫脫，湊到臉前，不斷細看這塊石頭。

諾娜帶回來的伴手禮是長十公分、寬六公分的細長石頭。它與諾娜的西碧相同，裡面含金量很高，呈現出金色的斑紋。

「很漂亮吧？巴納德老爺。」

「嗯，非常漂亮，諾娜，謝謝妳。維多利亞，這是哪裡撿到的？」

「在西碧爾撿到的，我從頭告訴你整件事情的經過吧，巴納德老爺。要是有不明確的地方，也請傑佛補充。還有巴納德老爺，接下來我說的這些話可能會被國家下達封口令，因此我們想先來告訴你。」

平常總是一本正經、表情少有變化的巴納德老爺有些邪惡地「呵呵」笑著。

「維多利亞，倘若國家想要隱瞞的歷史祕密就在眼前，世上所有的歷史學家都會想聽的。妳一定要告訴我，不對，等一下，我來準備工具。好，紙、筆和墨水，嗯，都齊了。麻煩妳了，維多利亞。」

我從造訪西碧爾林業工會開始，依序描述了這趟旅程的經過。

巴納德老爺振筆疾書寫筆記，沒有問任何問題。他時而點頭、時而詫異、時而敬佩，中途沒有打斷

過我們。

在講到發現埃爾默．阿奇博德的新作品時，傑佛瑞從包包中拿出一疊羊皮紙放在桌上，巴納德老爺就一把抓起來。

但他似乎認為現在不適合讀，遺憾地輕輕搖頭，把那疊紙放回桌上後再次拿起筆。

我說了發現火山口、五具骨骸、金礦石以及收留鷗麗的事。

除了遺書之外都如實轉告，我終於講完了這段漫長的故事。

巴納德老爺十分亢奮，我和諾娜先去準備茶水，打算喝茶等他鎮定下來，傑佛瑞則靜靜看著他。我們都喝下茶水，不過巴納德老爺根本無暇顧及茶。

「傑佛瑞，你們會向國家報告這件事吧？」

「家兄有委託克拉克同行，擔任記錄官，因此不會由我上報，克拉克會提交正式的報告才對。」

「克拉克和你們同行？」

「對，家兄說是檔案管理部的要求，因此委託了他。」

「啊啊，原來如此。可是維多利亞，有件事我搞不懂。」

「什麼事？」

「我對妳說的某個部分有些疑惑，唔唔，呃，啊啊，我現在還沒辦法解釋清楚，我會在下次見面前整理好思緒的。」

定時到巴納德老爺家幫忙的女傭來訪時，我們也見機告辭。他在目送我們離開時仍靜不下來，似乎想要盡早閱讀那份未發表作品。

「傑佛，搭馬車一下子就到家了，我想繞個路。」

「嗯，好啊，妳想去哪裡嗎？」

「去那間好吃的蘋果派店怎麼樣？」

「好，走吧。」

「好耶！我最愛那間店的蘋果派了！」

我們先讓馬車回家，自己走去點心店。這間店位於南區，住在約拉那女士家的別屋時，我去過好幾次，今天店裡也人聲鼎沸。

我們坐在角落的飲食區，各自點了喜歡的蛋糕。諾娜選了她常點的蘋果派，傑佛瑞是玻璃杯裝的起司蛋糕，我則是藍莓和覆盆子的莓果塔。

「真好吃，我在第二騎士團的時候，自認為幾乎掌握到所有名店了，沒想到錯過了這間。」

「是嗎？我也以為第二騎士團的團長對所有美食餐廳都瞭若指掌呢。」

「這間店是喜歡點心的叔叔告訴我們的吧，媽媽。」

「是啊。」

我感覺到傑佛瑞的臉大概僵了半秒鐘。

「那個，傑佛？他是酒吧的老闆啦，我們是碰巧在市場碰到……」

「爸爸是因為很愛媽媽，所以在擔心嗎？」

「諾娜，爸爸沒有在擔心。」

「放心吧，爸爸，媽媽只有跟爸爸在一起時才會撒嬌喔。她和那位叔叔在一起時的表情，和巴納德老爺、約拉那女士在一起時一樣，媽媽只有跟爸爸在一起時才會撒嬌啦。」

（諾娜，謝謝妳的助攻！）

傑佛瑞顯露出明顯心花怒放的表情，這個人也太可愛了。

「哇，看起來好好吃！」

諾娜一看到上桌的蘋果派就拿起叉子大口開吃。我點的莓果塔酸酸甜甜，奶油也很濃郁，是幸福的味道。

「傑佛，我們沒把遺書內容告訴克拉克少爺，你覺得國家會查到我嗎？」

「若是克拉克沒有同行，事情就簡單多了。」

「為什麼克拉克少爺會被派來跟我們一起去呢？」

「是因為舅舅把我們要去找失落的王冠的事，告訴家兄了吧？」

「我想也是，不過傑佛，艾德華先生以前就對歷史感興趣嗎？」

「我也不清楚。」

傑佛瑞陷入沉思。

「不，我沒聽他說過這方面的事，這是因為他是檔案管理部的部長吧？」

「啊，一定是，而且幸好有克拉克少爺在，我們才能幫助鷗麗，結果一切都很好，對吧？」

我說完勾起微笑，但其實內心有點不平靜。

之前向巴納德老爺解釋過的插畫密碼，它的金鑰非常簡單易懂，既古老又經典，只要不落入錯字的陷阱，縱使不是組織的人，解密愛好者也破解得了。

不過，我有點懷疑有多少平民女性是解密愛好者。

（沒問題的，沒問題的。）

我不斷說服自己，但以前我想這樣說服自己的時候，通常都會出問題，因此我十分忐忑不安。

回家路上，我們繞去書店買了《艾史辭典》。

那本辭典要價不菲，我拿起來看了價格又放回書架上。在我猶豫該不該買時，傑佛瑞爽快地拿起辭典，去櫃檯替我付款。

「這很貴耶，謝謝你，傑佛。」

「我們一直在濬國工作，為國家效命，國家給的賞賜不缺買這部辭典的錢，妳別放在心上。」

回家的時候，鷗麗正與瓦莎打掃庭院。

愛。

鷗麗穿著深灰色的裙子、白色上衣和黑鞋。或許是她的頭髮綁成一束，襯托出漂亮的臉蛋，十分可

「我們回來了，瓦莎、鷗麗，我們買了很多蛋糕回來喔，大家一起吃吧。」

「唉呀，是給傭人的嗎？謝謝你們。夫人，鷗麗小姐很勤勞喔。」

「是她說要打掃的嗎？妳們可以溝通嗎？」

「對，是她自願的。打掃不需要講話，所以勉強能溝通。」

「是嗎？瓦莎的年紀應該比我更接近鷗麗的母親，可能比較容易跟妳親近吧。」

鷗麗似乎發現到我們在講她，她看向我露出淺淺的微笑，手上的掃把沒有停下來。嗯，雖然只有一點點，但能看到她的笑容是前進了一步。

諾娜看著鷗麗，有些遲疑又靜不下來。她大概很想和鷗麗當好朋友吧。

諾娜在六歲前孤伶伶地長大，別說朋友了，她整天都獨自關在家裡，沒有說話；她和我一起生活之後，克拉克少爺是她唯一的玩伴；赴瀋期間，屋主的長男是她唯一的玩伴。她少有機會接觸女孩子，一定很想和鷗麗交朋友。

我和諾娜走向客廳時，我對她說：

「六歲的諾娜也是那樣喔，很像一隻怕人的可愛小貓，那樣的妳也可愛得不得了就是了。」

「咦咦～是這樣嗎？我當時只是不太會表達，心裡其實有很多想法喔。」

「是啊，妳後來就分享了很多妳的心裡話。」

「嗯，因為我想讓媽媽知道我的所有心裡話。」

「現在的鷗麗肯定也是這樣，即便內心有很多想法，也不知道怎麼用艾許伯里語表達。所以我們等她吧，要是等不及……」

「要是等不及？」

「我們來學史巴陸茲語就好了啊。」

「說得也是呢！媽媽。」

我們嘰嘰喳喳地聊天走動時，我感覺到背後有一道目光而回頭，但是背後只有鷗麗和瓦莎在。

（是誰在看我們？）

我沒有找出答案，獨自回到自己房間。我一下把頭湊近地板檢查爽身粉，上面沒有足跡。屋子裡的傭人都是艾德華先生親自挑選的，應該不會有可疑人士混入其中。不過為了自己和諾娜，我打算觀察一陣子。我在工作上撒過太多謊，沒有辦法不經確認就信賴陌生人。

走進客廳時，諾娜正在翻看著辭典，唸唸有詞。

我看著她，思考剛剛的視線。那道目光感覺不是很友善。

以前某位教官在諜報員的培訓所教導過我們感受視線的必要性。

教官背對著我們，指名我。

「妳到處走動，不要發出聲音，然後以『我要宰了你！』的心情瞪我。」

教官下達命令。

我悄然無息地靜靜移動，回到自己的座位後瞪他並心想（我要從你身後狠狠揍你！），結果……

「嗯，妳留在原地瞪我啊。」

教官說中了我的位置。

繼我之後，好幾個學生也挑戰教官，他們都是換了位置再瞪著教官的背影，而教官背對著我們說出「右後方」、「正後方」和「左前方」，所有瞪他的學生在哪裡都被他說中了。

那堂課之後，我們班開始風行「猜視線遊戲」。

我在這項遊戲中脫穎而出，能猜中視線的有無與位置。對我而言，視線中有些許的壓力存在，不過有些學生到最後都感覺不到視線，因此這多半是天生的感知能力。

我回想著這些陳年往事，也看著辭典，記下了幾個單字。

「媽媽，妳聽我的史巴陸茲語！」

「唉呀，妳已經學會了嗎？讓我聽聽。」

「好啊，『我叫諾娜』『妳叫什麼？』這樣發音對嗎？」

諾娜看著發音記號，唸得斷斷續續。

她的發音應該大致正確，畢竟我之前對她上過密集的外文課。

諾娜除了母語艾許伯里語之外，能用蘭德爾語、哈格爾語和瀋語進行日常對話。

然後，這次終於要學會說史巴陸茲語了，以貴族小姐來說，她的嗜好真是別有特色。

「諾娜，去叫鷗麗來吧，妳講『跟我一起來』，約她來就可以了。」

「啊啊！媽媽真是的，已經學會了！『跟我一起來』、『跟我一起來』，好，我過去了！」

諾娜以快到不像貴族千金的速度跑走。

她馬上帶鷗麗過來，並讓困惑的鷗麗坐在沙發上，放下紙和筆，想與她對話。

「等等，諾娜，要先問鷗麗識不識字、會不會寫才行啊。」

「啊，對喔，說得也是。」

我們借助辭典問了鷗麗許多問題，雖然很花時間，但我們一題一題地仔細詢問。

這種時候最忌諱操之過急。有過創傷經驗的人會因為一點小事關上心門，心門一旦關上，要再敞開是難如登天。

我發出幾個單字的音，鷗麗聽懂我的問題後回答，然後諾娜做記錄。這些事也需要讓傑佛瑞和瓦莎知道，所以我想留下文字記錄。

途中，我請人送茶和蛋糕來，我們一邊休息一邊進行問答，最後得知了鷗麗大概的來歷。

她會簡單的讀寫，逃亡之前是在農家工作。她被迫和四十五歲的農家主人成婚，而且工作幾乎都拿不到薪水，但她不知道要向誰抗議，也不知道誰會站在森林族這一邊，只好逃離那裡。

（四十五歲啊？比鷗麗的父親更老吧？）

我在腦海中想像正義的鐵鎚落在那個男人身上的場景。

史巴陸茲王國姑且算是文明國家，竟然對變相的奴隸制度睜一隻眼閉一隻眼？還是只是沒有傳進官員與王家的耳裡？

我寫下『妳之後有什麼打算？我想幫助妳』的字句，鷗麗看了之後寫下很短的回覆。

『我想見克拉克。』

鷗麗的請求只有這個。

負責記錄對話的諾娜聽到之後，說著「咦？」詫異地看著鷗麗。

「諾娜，一定是因為鷗麗有過十分恐怖的經歷，後來第一個跟她說史巴陸茲語的就是克拉克少爺，所以才非常相信他。我把事由寫進信裡，請人送去安德森家。」

「嗯，我知道了。」

入夜後，克拉克少爺趕來我們家。

鷗麗一看到他就跑過去，嘴裡說著什麼並抱住他。

克拉克少爺一臉疑惑，雙手攤開任由鷗麗抱著，然後對傑佛瑞和我投以求救的眼神。

我走過去。

「鷗麗，抱住別人很沒禮貌喔。」

我說著，想輕輕拉開她。

結果她用力揮掉我的手，眼神凌厲地瞪我，那雙眼睛裡帶著明確的敵意。

此時我想通了：（啊啊，當時的視線就是妳啊。）

「放開克拉克少爺，沒禮貌。」

這次我用稍微嚴厲的口吻提醒她，即便語言不通，她應該也聽懂了我的意思。

但鷗麗抱著他開始啜泣，語速飛快地向克拉克少爺說著什麼。他聽完後皺起眉頭，俊秀的臉龐流露出嫌惡。

最終克拉克少爺用雙手抓住鷗麗的肩膀，強行把她拉開。他對一臉驚訝的歐麗以強硬的口吻說了幾句話，然後走向傑佛瑞。

「傑佛表舅，她不值得信任，你該考慮要不要繼續收留她，我覺得最好把她送出去。」

「這是怎麼回事？鷗麗到底對你說了什麼？」

「我不想說，我根本就聽不下去，她很危險。真是抱歉，我先告辭了。」

克拉克少爺只講完這些就對我和諾娜鞠躬，轉身離開。諾娜一臉錯愕地目送他離開，我則摟住諾娜的肩膀，要她回屋裡。

不過諾娜揮開我的手，走向鷗麗。看來我的手今晚注定要被無情地揮開。

「鷗麗，怎麼了？沒事吧？」

諾娜憂心地問她，但是她看也不看向諾娜，嘟囔幾個字後走進屋內。

諾娜震驚到不知作何表情，我安撫著她，與她來到我的房間。

「諾娜，怎麼了？她說了什麼？」

「鷗麗小聲地說了一句『討厭鬼』。她是在罵我吧？我是不是做錯了什麼？為何會被她討厭？」

諾娜幾乎不曾哭過，現在卻潸然淚下，聲音發抖。我摸摸她的頭，感覺比自己被罵「討厭鬼」還要心痛。

我過去在培訓所，或是為了任務而潛入貴族社會時，也曾被人以鷗麗的這種態度對待過好幾次。

我的成績比她們更優異。

我和她們看中的富家少爺走得很近。

我受到更多人愛戴。

她們就是要嚼我的舌根、扯我的後腿，心裡才稍微過得去。

她們不會爭氣點，努力脫穎而出，而是透過貶低對手，平復自己的心情。

這種人放眼天下無處不是，反正他們永遠只會原地踏步，根本不必理會。

我的個性是愈挫愈勇，也敢說自己比任何人都努力，因此我不在乎誰找我麻煩或說我壞話。不過諾娜直到剛剛那一刻都沒接觸過這一類的惡意，第一次體驗想必相當受傷。

「不是妳的錯，我想鷗麗是羨慕妳。」

「我和爸爸媽媽都只是想幫助她啊。」

「是啊，不過鷗麗若是夠狡詐就不會那種露出態度了，她還那麼孩子氣就還好。」

諾娜大概聽不懂我的意思。

假如鷗麗更狡詐、城府更深，她可以帶著恨意對我們擺出笑臉，同時將我們利用殆盡。光是她現在毫不掩飾負面情感，還算好對付了。

我環抱住諾娜纖細的身體，臉頰貼在她亮麗的金髮上。

「我很希望在妳成長的過程中，只讓妳看到世界美好的那一面，不過妳已經十二歲了，差不多該告訴妳這世界不全然美好了。」

「什麼意思？」

「妳十二歲之後就必須參加只有貴族小孩的聚會，妳和我出身平民的事遲早會傳開，也一定會有人瞧不起平民。妳一定會遇見一些性格惡劣的千金小姐，相比之下，剛剛的鷗麗都算好對付的了。」

「我不想參加這種聚會。」

「不參加也是一個方法。」

「還有其他方法嗎？」

「這個嘛，我隨便一想就有三個，妳想知道嗎？」

諾娜頂著滿是淚水的臉思考了一下，點點頭。

「我想知道，媽媽總是說『絕活是多多益善』啊。」

「呵呵，是啊，先講第一個方法。要是有人欺負妳，妳就摀住臉嚎啕大哭，對方欺負妳的事會變得眾所皆知，所以對方會自亂陣腳，但妳也會留下愛哭鬼的名號。」

「我才不要，太不甘心了。」

「那第二個，充耳不聞，當耳邊風。不過我不建議這個方法，這只會讓人得寸進尺，妳不必刻意作賤自己。第三個，對方一來找碴，妳立刻回一句對方聽了會怕的話。使用這一招，必須事先做功課，調查對手的弱點。」

「要先調查所有與會者嗎？媽媽都是怎麼做的？」

我很不想把自己的黑暗面告訴心愛的諾娜，但還是咬牙告訴她吧。

「在培訓所裡生活，每天會見到面，所以我大多數時候都是充耳不聞。忍無可忍的時候就用體術讓對方閉嘴，當時沒有學生打得過媽媽，男女都一樣。」

「哇，好厲害喔。」

「如果對方是貴族，媽媽會事先盡量查出所有與會者的資料，一有人來找麻煩，就馬上回嘴恐嚇對方。」

「哇，妳都是這麼做的嗎？」

「一直任人欺侮反而會受到矚目吧？而且這些不愉快的經驗都是在浪費時間。」

「原來如此，我知道了，我也要用這個方法。」

「雖然很辛苦，但這是很實在的方法。不過妳不要忘了，貴族女性中還是有很多像愛瓦女士或約拉那女士這類善良的人喔，妳跟這種人當朋友就好。」

「我知道了。」

剛剛還在嚎啕大哭的諾娜已經恢復了精神。

「我很想永遠守護妳，不過這是不可能的。妳有朝一日會離開我身邊，進入社會，到時候我希望妳堅強地活下去。我不希望別人的欺侮或讒言讓妳的身體出問題，或是不敢走出家門。」

「我想要永遠跟媽媽在一起，不行嗎？」

諾娜的眼中帶著不安，我的胸口一揪，鼻腔一酸。

「是啊，我也想永遠陪伴諾娜，但是幼鳥長大後一定會離巢，對父母或子女而言，這才是幸福。」

「喔，是這樣嗎？」

我與諾娜相識才短短六年。

因為我們的關係很緊密，一起度過了許多時光，我總感覺諾娜是自己的一部分。可是她有她自己的人生，我們終究是不同的個體，我總有一天要放手讓她走。距離那一天不遠了，光是想像到這一天，我就要淚流滿面了。

「我一直很想嘉許那天在廣場向諾娜攀談的自己，因為有她，我才能跟這麼乖巧、心地善良又努力不懈的諾娜一起生活。」

「嗯，我也是，媽媽有跟我攀談真是太好了。」

「還有因為妳，我才能認識傑佛。」
「媽媽，妳覺得鷗麗為什麼罵我是討厭鬼？」
「這要問她本人才知道，但是或許……」
我講到一半停住，因為我不該用假設的結論去批判他人。
不過要是我的推測屬實，我們所有人可能都被十六歲的鷗麗蒙在鼓裡。
「或許什麼？」
「沒有，沒什麼。」

那天晚上，鷗麗從我們家消失了。
語言不通的十六歲女孩沒有多少地方可以落腳。
傑佛委託警備隊和第二騎士團尋人，我則是拜託薩赫洛先生打聽鷗麗的消息，他一定會去問黑社會的首領賀克托。
不過我們遲遲沒有掌握到她的音訊。
到了這個關頭，克拉克少爺終於把當時鷗麗說的話，只告訴了我和傑佛瑞。
「她宣稱自己被諾娜欺負，還說老師奴役她打掃、洗衣服，她連睡覺的時間都沒有，所以要我救她，帶她去我家。」
「唉呀呀，真是漏洞百出的謊言。」
「老師，鷗麗說她在史巴陸茲遭到不人道的對待，莫非也是……」

「現在看來，很難說她的話語中有幾分真，幾分假。」

世界上有些人孜孜不倦、努力奮鬥，最後筋疲力竭才向下墮落，但也有些人是早就注定要墮落至深淵。人人在呱呱墜地的時候都有一顆潔白無邪的心，這顆心是怎麼變色呢的？

那一天，傑佛瑞聽說鷗麗逃走的事之後對我非常溫柔。

「你別擔心，鷗麗的事我沒有很在意。這種事我見慣了，多到根本記不清。」

「是嗎？那妳的表情為什麼那麼悲傷？」

「我的表情很悲傷嗎？真心換絕情這種事，我明明經歷夠多了啊。」

傑佛瑞沒有再多說什麼，在身邊陪伴著我。我靠在他身上，祈禱：（人生有苦有甜，但願鷗麗也會有甜蜜幸福的日子。）

間章

艾德華的用心良苦

「是嗎？發現金脈礦了啊。」

地點是王城北棟的一間辦公室。

艾德華．亞瑟正在閱讀表甥克拉克提交的報告書。

他原本期待維多利亞或許能找到失蹤的五公主墓地，想不到最後找到的東西大幅超出自己的期待。

不過報告書上的寫法是「我在史巴陸茲王國的國境附近旅行時，碰巧與某個家族同行，結果發現了金礦脈」。完全沒提到傑佛瑞、維多利亞和諾娜一家人。

「看來是被傑佛瑞封口了吧，但是也不可能瞞天過海。大家一定會討論到功臣是誰，為什麼要隱姓埋名，立下大功卻說『不要獎賞』反而會令人感興趣。」

功臣想必是維多利亞，照理說會賞賜她鉅額的獎金。

不過她大概對獎金沒有興趣，也不貪財。

假如領取獎金會讓維多利亞的存在公諸於世，他弟弟也會寧可不要。

哈格爾暗殺者集團的事件已經過了五年。

王族和宰相都不記得維多利亞是叛逃諜報員了才對，他不希望現在又引起他們的興趣，金礦脈的發現又實在不可能不報。

艾德華站起身，用手指梳理銀髮，眺望了窗外一陣子，然後叫邁克過來。

邁克來了之後，艾德華不吭一聲地遞出克拉克的報告書。邁克一臉疑惑地接下報告書，開始閱讀。讀著讀著，他的眼睛和嘴巴都慢慢張大，艾德華興致盎然地看著他。

「發現者是維多利亞小姐吧？她太有才華了！唉，太可惜了，真希望她能來當我們的教官，不對，她完全有能力待在第一線啊。」

「我弟弟和維多利亞都不希望啊。」

「我想也是，但哈格爾想隨意消滅這麼優秀的人啊，太愚蠢了。」

艾德華邪惡地笑了。

「其他國家愚蠢對我們比較有利。邁克，派我們的隊伍去當地確認，你選五個善於走山路的人。我要出去一下，這份報告書應該缺少了一大塊關鍵之處，我問克拉克他也一無所知，我想知道這麼重要的事，他們為什麼沒告訴克拉克。」

「缺少了一塊關鍵之處嗎？部長的直覺是如此，肯定就是了吧。」

艾德華輕輕微笑，接著前往舅舅家。

「舅舅，你有聽說維多利亞他們在國境附近發現的東西嗎？我頭好痛啊。」

「聽說了，但你頭痛什麼？」

「克拉克提交了發現金礦脈的報告書，不過傑佛他們似乎不想公開自己的姓名。」

「是嗎？這我倒是完全沒有聽說。」

「我需要舅舅的幫助。可以當作是你注意到《失落的王冠》的密碼，找到通往王冠的路標？」

巴納德震驚地瞪大眼睛。

「不，不行，無功不受祿，竟然要我搶走維多利亞的功勞，想都別想。」

「不是搶攻勞，我想傑佛和維多利亞大概是不想受人矚目，也不想要獎賞才對。」

「畢竟他們有一些苦衷，可能是吧。」

「不過如果變成是舅舅破解小說的密碼、傑佛瑞發現金礦脈的話，國家就會獎賞舅舅和傑佛。你若不好意思領賞，把自己的份送給他就好了。」

「嗯～但是……」

（很好，只差一點了。）艾德華溫和地微笑。

「還有，我希望你幫我向維多利亞打聽一件事。報告書上寫到現場有五具骸骨，卻完全沒提到這些人是怎麼死的。埃爾默既然都透過密文傳達金礦石的事了，沒提到那五具骸骨太不自然了。」

「就是這個！我也一直想不通這個部分。對，就是它。不過也有可能是他寫了，但那張羊皮紙後來散佚了吧？」

艾德華稍微思考了這個可能性。

「不，都放進壺器封蠟了，散佚的可能性很低。以路標的內容來看，將屍體放在懸崖裂縫中又堵住縫隙的人，只有可能是埃爾默。身為檔案管理部的部長，我很想釐清這個疑點。如果維多利亞知道，可以幫我打聽出來嗎？只要說功勞會歸功於舅舅，她也會願意坦白吧。」

巴納德十分猶豫，身為學者萬萬不該搶別人的功勞，但是外甥若能因此得到賞賜，他又想助他們一臂之力。巴納德心想，是維多利亞幫孤苦伶仃的自己找回了有人性的生活，而且她也樂見傑佛瑞得到褒揚與賞賜才對。

「舅舅，傑佛受封子爵後也沒有領地，長遠來看，錢財是嫌少不嫌多。諾娜也十二歲了，沒幾年就要嫁為人婦，你不希望她在夫家不受尊重吧？依傑佛的個性，他肯定會拒絕我或舅舅的資金援助。」

巴納德想起如孫女般可愛的諾娜，內心更加動搖。

「若是為了維多利亞和諾哪，我就幫你這一次吧。」

「太好了，舅舅真是可靠。那就麻煩你告知會提及傑佛的名字，並打聽骸骨的消息嘍。」

艾德華說完，迅速離開宅邸。

就職務而言，他想知道弟弟和弟媳為什麼沒告訴克拉克骸骨的謎團，而身為哥哥，他還是希望弟弟收下獎金。受封子爵後，也需要一定的開銷撐起這樣的身分地位。

若他在騎士的崗位上克盡職守，明明能過上還算寬裕的生活，但他為了維多利亞捨棄了騎士身分。

「但到頭來，要為家計操心的還是維多利亞，身為大哥，我想為他們盡點力。說來說去，只能怪王子說想封傑佛爵位，不然情況哪會變得那麼棘手。」

大王子就是特別青睞傑佛瑞才會賜予他爵位，不過對維多利亞來說，當平民肯定輕鬆得多，也是苦了她。

所以艾德華希望傑佛瑞至少能收下獎金，這是他身兼父職與兄職的用心良苦。

我和傑佛瑞受到巴納德老爺的邀請，來到他的宅邸。

「舅舅，所以你是說，想在發現金礦脈的報告中寫出我的名字嗎？」

「你若是堅持不要就算了，不過如果當作是由我解密、由傑佛瑞發現金礦脈的，國家想必會賞賜獎金，我的份就給你了。」

「但是……」

「而且這樣一來，我就能在學會上發表這個世紀大發現的經過。身為愛好文學的歷史學家，我想把小說中隱藏的真相公諸於世。」

「可是舅舅……」

「你受封子爵後，生活和交際上的開銷都不小，諾娜也遲早會出嫁。要是讓她在夫家覺得自己不受尊重，不是很可憐嗎？財產是嫌少不嫌多，就當作是為了維多利亞和諾娜，同意這個提議吧。」

我和傑佛瑞四目相對。

倘若我不必出席公眾場合，傑佛瑞的姓名出現在發現金礦脈的報告中我也無所謂，他可以推託是「妻子體弱多病」。

這五年來，巴納德老爺臉上的皺紋更深了，手背的皮膚更加鬆弛，看到這樣的他就讓我心想：那就照辦吧。

艾許伯里王國以及周邊國家都說滿六十歲的人，「接下來的時間是上天的禮物」，意思是平安活過四五十歲、進入六十大關之後，不管什麼時候逝世都是壽滿天年。從這個角度來想，巴納德老爺算是相當長壽了。

「傑佛，只要沒有提及我的名字，我就沒關係。而且巴納德老爺也想完成他身為學者的使命吧。」

「維多利亞，我覺得最好不要。」

「若有人邀請我們夫妻出席公開場合，你就說『妻子臥病在床，非常抱歉』就好了。」

「抱歉啊，維多利亞，邁克跟我說過妳有苦衷，不希望出席公開場合。妳是被某個大人物看中才逃命的吧？」

「對，是啊。」

「被看中」的含意與巴納德老爺的想像及事實有一段差距，但我姑且表示認同吧。

「我不會提到妳的姓名，也不想危及妳的安全。不過我想請妳再告訴我一次詳情，讓我能發表得自然一點。」

「好，巴納德老爺。」

「太好了，這樣就能讓傑佛瑞收下獎賞了。我想問的是關於那五具白骨，埃爾默有寫下什麼嗎？感覺只有這個部分遺漏了。」

傑佛瑞只僵住一秒，但馬上露出笑容。

「喔，還有一篇語意不明的文章吧，維多利亞？」

「是啊，老公。我以為那是什麼寫錯字的紙，所以抽了出來，或許就是它吧。」

我們回答「明天就讓傭人把那張羊皮紙送過來」後，離開巴納德老爺的宅邸。一走出玄關，我馬上低聲說「歷史學家真可怕啊」，傑佛瑞聽了先是苦笑，隨後按捺不住，開始捧腹大笑。我也跟著笑了出來。

第六章

修道院院長伊萊莎與舊書店

從巴納德老爺家回程的路上，我們很快就決定好該怎麼解釋那紙密文了。

「只要說『以為那是張寫錯字的紙，所以抽了出來』，然後交給舅舅就好，剩下的就交給舅舅煩惱吧。」

「好，就這樣吧。」

我們不該再涉入更多。

隔天，我請里德把密文送去巴納德老爺家。他前往巴納德老爺家，而傑佛瑞也有事外出後，瓦莎來到家中。

「夫人，有訪客找夫人。」

「唉呀，是哪位？」

「南區修道院的院長。」

我與修道院院長沒見過面也沒有交集，因此為了見院長，我換了一身禮服。祖宗十八代都是老百姓的我心想：（對方是貴族就罷了，現在有必要為了換衣服，讓對方等嗎？）不過瓦莎斷言「非常有必要」。

瓦莎比我更熟悉貴族社會，因此我尊重她的意見，換了一身黃綠色禮服，衣領一路緊緊扣到喉頭。

「我是南區修道院的院長伊萊莎，很抱歉今天冒昧來訪，也謝謝妳願意會客。」

「我叫安娜．亞瑟，請問今天有什麼事嗎？」

「我有事相求，是關於夫人製作的藥膏。」

伊萊莎小姐年約五十，體型纖瘦，站姿挺拔，感覺行事頗有原則。

「藥膏嗎？」

「對，我們修道院會為無依無靠、無處安身的女性提供安心居住的地方。有一名姊妹前陣子去某間宅邸打零工打掃庭院時開始過敏，一開始只有手背，漸漸從手臂、脖子到胸口都紅通通的，她很難受，一直在喊痛喊癢。」

「天啊。」

「我們合作的蔬果店老闆碰巧看到她的情況，說『我有不錯的藥膏，馬上拿來給妳試試看』，把藥品分給了我們。」

我漸漸明白這是怎麼回事了。

「夫人，那款藥品非常有效，我大吃一驚，詢問蔬果店老闆後，他說那是亞瑟家夫人自製的藥。」

「很高興我的藥品有派上用場。」

「所以我想要拜託您，能不能讓我們南區修道院也幫助妳販售藥膏呢？」

我很想一口答應說「好，沒問題」，不過我得先調查這個人與修道院的事是否屬實。只有我和諾娜相依為命的時候，不管做什麼決定都是由我負全責，所以無所謂，但現在不是了。我不希望傷害到傑佛瑞的名聲，也不想為艾德華先生添麻煩。

「是否能讓我去參觀一下南區修道院呢？」

「好，當然沒問題，不管什麼時候都可以，我們也很歡迎您現在來訪。」

「那我們就現在出發吧。我去準備馬車，我們一起過去。」

我邀諾娜同行，但她說「我有事要忙，我不去」，因此我獨自前往。

現在，我來到王都南區的修道院，這個區域特別靠近城牆，租金也很低廉。修道院的建築物看起來很老舊，不過庭院維護得很好，建物也整修過。

「管理得很周到呢。」

「對，我們是所有人分工合作，信徒沒錢的就出力，幫助我們整修。」

「這樣啊。」

禮拜堂內很陰涼，擺放著一排排磨得晶亮的琥珀色木製長椅。祭壇中間有一尊艾許伯里王國宗教信仰的中心，愛爾魯的神像。

愛爾魯的中性外觀雌雄莫辨，是神學世界永遠的謎團。

參觀完禮拜堂，我們來到女性宿舍，投靠修道院的姊妹都住在這裡。總共有五間四人房，每個房間都有兩組上下鋪，儉樸但整理得乾淨整潔。

「不好意思冒昧請教，這裡有一名十六歲的棕髮女孩嗎？她叫鷗麗。」

「沒有，本院的姊妹都更年長一些。」

「這樣啊。」

我本來就覺得鷗麗不會來這種地方，果不其然。

我們接下來參觀修女們的房間，令我意外的是，修女的房間與女性宿舍幾乎如出一轍，沒有一點豪奢之氣。

最後來到院長室。

「咦？是這裡嗎？」

「大家看了都很意外，但沒道理只有我住氣派的房間啊。」

院長室是目前見過最狹窄的一間，裡面沒有任何裝飾，只有床鋪、小桌子和一個矮櫃，沒有其他東西。

我心想（這個人應該可以信任）。

「請到會客室。」

我跟著她進入會客室，茶水上桌後，我決定繼續談這件事。

「委託妳們在這裡賣藥的事我會認真考慮，不過這樣會不會影響到附近的藥店？有信徒是開藥店的嗎？」

院長聽了苦笑。

「藥販不會涉足本院的，而且這個地區本來就沒有藥店，畢竟沒有錢買高價藥品的人才會流落到這裡。」

「啊……」

我對自己說話不經大腦感到慚愧。藥品要價不菲，除了家境富裕的人，沒有平民吃得起藥，大家都是靠時間和體力自體康復。

我表示「我希望能盡量幫忙」，然後離開了修道院。

天色還很亮，不知道「烏灰鶇」營業了沒，我想在那裡仔細考慮批藥及密文的事。

我搭馬車前往南區的市區，讓里德在停馬場等，自己走去烏灰鶇。

不過現在時間還太早，酒吧難免還沒營業，烏灰鶇的大門深鎖。

我無奈地在附近走走，這條街道與主要道路有段距離，街道延伸出去的小路還分岔出幾條窄巷，各式各樣的店家與商會林立在窄巷兩側。

其中有一間舊書店兼租書店叫「柴克瑞舊書店」，店面有四扇窗，但窗外特別架了一面棕色的新品遮光布簾。

一般店面掛遮光布簾的方式會像屋簷一樣往外拉出去，但是這間舊書店拉設的角度卻與地面近乎垂直，因此完全看不見店內的情況。

「租書店啊，好懷念。」

我在門外觀望時，一名男子開門探出頭來。戴著眼鏡的他年約三十，有一頭蓬鬆亂翹的棕髮。他細長的眼尾有一顆淚痣，面相很穩重，應該頗有女人緣。

「歡迎進來參觀看看。」

「謝謝，那我就打擾了。」

「我們是書店，為了避免書被曬壞才掛著遮光布簾，但新客人會因此不好意思進來。」

他說著，又走進櫃檯坐下，他背後的牆上掛著國家頒發的許可證，上頭寫著「舊書店、租書店營業許可證，負責人威爾．柴克瑞」。

租書區的主力是愛情小說、冒險小說和英雄故事，舊書區則占了整個店面的四分之一面積。舊書區裡有小說、宗教相關和實用書，應有盡有。那一區有羊皮紙的專區，羊皮紙都放在附有玻璃門的書櫃裡，可能是因為這一區比較值錢，也可能是為了保護羊皮紙。

「想取架上的書時，我們可以出借手套。」

「謝謝，我先看看就好。」

「慢慢看。」

架上的古書是立架陳列，可以看到封面，每一本的時代感都不盡相同。然而我看向一本書，感覺很像假書。這本古書和其他本的外觀大同小異，但是唯獨它給我一種「本書保證很有年代感」的強烈印象。

身為曾經為工作偽造文書的過來人，我懂這種偽造者的灰心。我們一不小心就會下手太重，沒信心的人很容易落入這個陷阱，因此組織的教官也不斷提醒我們「新手更要注意別太著迷於仿舊」。

「妳有想看哪本書嗎？」

「啊，對，這本《西方瓷器的歷史》。」

「請稍等。」

老闆威爾．柴克瑞取出這本書。

「這是初版書，市面上很少見喔。」

他笑瞇瞇地說。

我向他道謝，借了手套接過這本書。

我緩緩翻動羊皮紙的頁面。就我所見，它果然是贗品，我又趁老闆不注意的時候聞了聞味道。我以前在課堂上聞過一種植物汁液的氣味，而這本書上有淡淡的那種味道，若是不注意或嗅覺不夠敏銳，即便知道也聞不出來。

（原來如此。）

「謝謝。」

「可以了嗎？」

「對，我有很多收穫，下次會再來。」

我說完，交還手套後離開書店。

我是該好心提醒他「這是贗品」，但我這張嘴一出，情況只會變麻煩，因此我離開了舊書店，沒有多嘴。

我請里德四處繞了幾間店，採買完畢後回到家。之後請他鋸下庭院杉木的細樹枝，並向他借手鋸。

「夫人，妳要用手鋸的話讓我來吧。」

「不用，沒關係，我很久沒用了，想用用看。」

我說完回到自己房間，鎖上門，把採買回來的東西攤出來，開始動工。接下來要先調製藥水，把買來的羊皮紙浸到藥水中，做出仿舊感。

我在陽台地板鋪上地墊，地墊上又放一張凳子，之後將樹枝擺在凳子上，一腳固定樹枝，一手把樹枝鋸成圓木片。地上的木屑愈來愈多，我打算把這些木屑煮成染色液。

等木屑累積得差不多後，我搬開凳子整理地墊，這時有一個聲音從背後叫我，讓我嚇了一跳。

「那是要做什麼的？」

「嚇我一跳！諾娜？妳是從什麼時候開始看的？」

「我剛剛才來的，我敲門後沒人應聲，門又鎖著，所以就從這裡過來了。」

「這裡？妳不要站在二樓陽台的扶手上，會被里德和瓦莎看到吧。」

「媽媽真是的，妳不擔心我掉下去嗎？」

諾娜輕笑著，輕巧地從扶手跳進陽台地面，她還打著赤腳。

「我知道妳不會掉下去啊。」

「也是啦，我倒想知道世上的小偷能不能做到這件事。」

「要看小偷的身手……不對！我很擔心妳耶，妳會不會在外面……」

「不會啦。那個是要做什麼的啊？好像很好玩。」

諾娜興致盎然地看著我的手邊，不過現在的我還驚魂未定，因為我剛剛完全沒注意到諾娜的氣息。是我老了嗎？雖然剛剛是在鋸東西，但是我竟然沒注意到諾娜爬上扶手，靠近我的氣息與聲音。

諾娜沒有理會錯愕的我，她迅速整理好地墊，走進我房間。

「所以呢？這是要做什麼的啊？」

「我想用暖爐煮它。」

「我知道了，讓我看看妳要做什麼。」

諾娜挪開煙囪裡的鐵板準備用火，並把一鍋水放到火堆旁。

「這些木屑要放進去吧？圓木片也要嗎？」

她直率地問。

「嗯，地墊上的全都放進去。」

做好準備的諾娜笑瞇瞇的。

「諾娜啊，妳剛剛完全沒有氣息和聲音耶。」

「嗯，我就是想要消除氣息和聲音，嚇妳一跳啊。」

「妳是怎麼辦到的？可以告訴我嗎？」

「呵呵呵～妳想知道嗎？怎麼辦？要告訴妳嗎～還是不要？」

諾娜笑著，但我應該一本正經地板著臉才對。我很在意她的武藝什麼時候變得這麼高超了，那是潘國武術嗎？潘國武術有這種招式嗎？

「姜老師說『移動的時候要想像自己是風』，他說『風本身沒有聲音，會出聲的是被風吹動的其他東西』。我一直沒聽懂那是什麼意思，但某天豁然開朗，從那天之後，我就可以無聲移動了。」

「媽媽我現在非常懊惱。」

「嗯？懊惱什麼？」

「我也該跟姜老師學武的。」

姜老師是潘國武術的老師，我們赴潘期間借宿的家庭是他的後代，他是前任一家之長。諾娜聽到我的話咯咯偷笑。

「我可以把我知道的都教給妳喔，因為媽媽也教了我很多嘛。」

「請多指教，諾娜老師。」

我們一邊說說笑笑，一邊看著鍋裡的水慢慢變棕色。

諾娜不發一語地盯著鍋中，我也看著滾水變色。

「諾娜，妳小小年紀就已經有高超的武藝和身手了，外文知識也無可挑剔，不過妳只能把能力用在對的地方喔。」

「我知道，可是身為子爵千金，那些能力都沒什麼用吧。」

「還是有用啊，被綁架的時候就用得到了。」

「沒有人會一天到晚被綁架啦，媽媽真是的，常常說些很好笑的話。」

「唉呀，是嗎？」

諾娜開心地笑出聲，這個話題到此結束。

鍋中的滾水完全變成深棕色了，我把這鍋水端去陽台降溫。

「這是把羊皮紙或紙張做舊的方法，我很久沒試了。除此之外還有其他方法，不過妳可以先了解一下，學會辨識贗品的眼力，雖說最好的方法是看大量的真貨啦。」

「喔～我會記住的。」

入夜後，傑佛瑞回到家。

吃完晚餐後，餐桌上放著我從下午一直在試做的仿古羊皮紙，旁邊還有一張全新的羊皮紙。仿古版是泡在棕色汁液中，然後擦乾、折疊，製造出皺摺後風乾的。這方面的專家應該可以識破，不過在我眼裡是十足老舊的羊皮紙。

「原來如此，會變成這樣啊，好厲害喔。」

「傑佛和諾娜以後要高價購買羊皮紙古書的時候，不要忘記還有這種可能喔。」

「我沒有打算要買古書，但我會留意的。」

「我也是。」

「記住不會吃虧的。」

我把兩張羊皮紙疊起來，收進箱子裡。

飯後我們喝茶配一口大小的烘焙甜點，同時我心中想著的是鷗麗。她有地方睡覺嗎？有沒有被壞人利用？會不會想回母國了？

我愈想愈後悔自己輕信了她的說詞，帶她回來。

至今為止，第二騎士團和薩赫洛先生那裡都還沒有鷗麗的消息。

「喔，對了，維多利亞，今天在王城裡談公務時，有人來通知封爵典禮的日期了，是下個月初。」

「這樣啊，我和諾娜呢？」

「妳們不必出席，只有我參加。不過我成為子爵之後，應該會有四面八方的人邀請妳出席茶會，要不要參加就給妳作主。就算以身體不適為由婉拒所有活動，我也無所謂。」

「我再想想。不過，差不多該讓諾娜參與貴族的聚會比較好吧？」

「是啊，硬要說諾娜也體弱多病，是有點牽強。」

諾娜一臉不情願，但只能委屈她了。

「對了，傑佛，今天南區修道院的院長來訪。」

我告訴傑佛瑞院長說想要販售藥品的事，他回答「我覺得沒問題」。

因此隔天，我前往修道院，談妥販賣軟膏的事宜。價錢由我決定，部分利潤會當作代銷手續費交給修道院。其實要將所有利潤都交給他們也無妨，但是後續再以捐款的形式給錢，我的帳本應該會比較好整理。

「謝謝妳，這樣許多貧苦的人都可以從痛苦中解脫了。」

院長十分歡喜。我學有所成，能幫上忙也很欣慰。

販售軟膏的合約雙方都很滿意。

後來，我和諾娜每星期會去巴納德老爺家三天，幫忙翻譯。

巴納德老爺把那份密文抄寫到紙上，每天絞盡腦汁想要解密。這看在早已解開的我眼中是愧疚又心疼。

但我不能坦白，我因此帶著微不足道的歉意，勤快地烤了巴納德老爺喜歡的小羔羊，或是蔬菜滿滿的燉菜。

我們都不曉得西碧爾山的金礦石後來如何了。

第七章

封爵典禮與茶會

傑佛瑞參加封爵典禮的日子終於來了。

他站在我眼前，黑色外套上有著精緻的藤蔓銀線刺繡，裡面是一件背心，絹布襯衫的領口繫著領巾。修長的雙腳搭配黑色的緊身褲裝，特別好看。

「傑佛，很好看喔。」

「我們一家人從今天起，終於要躋身貴族社會了。」

「要封爵了，你怎麼一臉憂鬱啊？這是喜事啊。」

「以後要辛苦妳了，但是我保護妳的決心沒有改變。」

「我不覺得自己辛苦，我只打算跟你攜手共度未來。」

傑佛瑞瞇著藍色的眼睛看著我，接著像對待易碎物品般輕輕抱住我，然後走向馬車。

原本以為婚後我們的愛情會變質，不過婚後多年，傑佛瑞依然專情一意，我對傑佛瑞的愛也堅貞不渝，我時時刻刻都在內心立誓：（我要保護傑佛瑞和諾娜。）

中午，我決定外出買藥草。

我製作的軟膏很受好評，聽說坊間已經悄悄口耳相傳開來，一做出來就有買家要買。當成主藥材的藥草是從濤國運來的，但次要藥材即將見底了。

這次本來也想約諾娜一同出門，不過最近她每天不是在桌前忙自己的事，就是去約拉那女士家。我今天問她，她也說不去。至於她現在在忙什麼，她說「現在還是祕密」。畢竟她這個年紀都會想要有自己的祕密啊。

「里德，麻煩去南區的市區。」

「遵命，夫人。」

我去藥草店買東買西，並將物品交給里德，逛著商店街。我猛地想到，往巷弄裡一看，酒吧「烏灰鶇」開始營業了，我看到薩赫洛先生正在打掃。

「薩赫洛先生！好久不見。」

「喔，妳來得正好，我本來還想在今晚聯絡妳呢，有鷗麗那孩子的消息了。」

「咦！鷗麗現在在哪裡？」

「她好像跟賀克托那邊的小弟走得很近。」

「唉，果然如此。然後呢？她好嗎？」

「嗯，聽說過得不錯。最近她學了很多這個國家的語言，還會對她交往對象的小弟下達命令，有一點大姊頭的架式了。」

「是嗎……她過得好就好。這樣啊，原來她比較適合那裡啊。」

「打起精神吧，人生中淨是不如意。要喝檸檬水嗎？」

「好，謝謝。」

里德在遠處等著，我對他說聲「我馬上回來」後走進烏灰鶇。在眼前現搾的檸檬香氣清新，蜂蜜的甜味也十分舒服。酸酸甜甜的檸檬水是能讓內心打起精神的味道。

「我做的檸檬水好喝吧？有什麼牢騷，也可以跟我分享喔。」

「也不是牢騷啦，那你聽了就忘掉，好嗎？」

「好，健忘是我的看家本領。」

「這次被鷗麗騙了之後，我切身感受到被信任的對象欺騙是什麼心情。」

薩赫洛先生靜靜地喝檸檬水。

「雖然上當讓我很受傷，可是我以後遇到同樣的情況，還是會做出相同的選擇。別人有難我就會兩肋插刀，即便因此受騙上當，下一次遇到我還是會幫助別人，我覺得這是我應贖的罪。」

「贖罪？是贖什麼……我是不清楚，不過妳從八歲就開始工作了吧？妳不是每個當下都用盡了全力嗎？」

「……嗯，是啊，我總是竭盡全力，因為那是唯一一條可以走的路，但我也造了很多罪孽。薩赫洛先生，我該離開了，車夫還在等我，謝謝你的聆聽。」

「嗯，歡迎妳隨時再來。」

臨走之際，我回頭輕輕點頭致意，離開了烏灰鶇。

我會反省自己過去的言行，但是我不後悔。後悔只會折磨自己，沒有任何幫助。我會在向前邁進時小心不要重蹈覆轍，這就是我的生存之道。

我始終選擇這種生存方式，也自認如此便足矣，但現在的我為何這麼悵然若失？

當天深夜，傑佛瑞帶著酒氣回家。

「陛下在封爵典禮上對與會的重要貴族報告發現金礦脈的事了。」

「金礦脈嗎？特地在眾人面前？」

「嗯，他說藥品穩定進口與金礦脈的發現，這兩項大業都是我的功勞。我在典禮後的宴會上被貴族團團圍住，問東問西的。」

「一次公布兩項功勞，這也難怪。」

傑佛瑞將領口的領巾拉下來，丟到沙發上。

「康萊德殿下龍心大悅啊，艾許伯里王國是商業大國，黃金是多多益善。他們已經派人去調查那座火山口，也確定能露天開採出大量金礦了。」

「已經確定了？動作好快。」

「舅舅是發現金礦脈的推手，而我是在當地尋獲的人，我們都會被賞賜一筆鉅款。」

「鉅款是多少？」

傑佛瑞說出口的金額，應該夠我們家過一輩子不愁吃穿的貴族生活。

「這……感覺今後我們家會收到很多邀約啊。」

「是啊，一定的。」

我感覺大難要臨頭了，傑佛瑞也憂心忡忡。

不過諾娜聽到後，反應與我們截然不同。

「你們不用擔心我，有人邀我去茶會的話，我就會去。」

「今天吹的是什麼風？妳之前不是說不想去嗎？」

「我之前有點忙，現在準備萬全嘍。」

「諾娜，在茶會上講話不能那麼平民喔。」

「我明白，母親，我已經做好萬全準備了。」

「及格。」

「喔呵呵呵。」

「不要那樣笑，只有年長的婦女才會笑成這樣。」

「好～」

從當天晚上起，我們家從日常都全力實踐淑女的應對進退，為的當然是諾娜。我是榜樣，諾娜負責觀摩學習。

「之前明明就學得很紮實了啊。」

「知易行難啊，諾娜。」

「約拉那女士說我的淑女禮儀合格了耶，不對，『她說我已經合格了』。」

「我們在家裡也開始實踐吧。」

晚餐時，我們語氣平和、輕聲細語地對話，諾娜像小鳥一般小口用餐。談到有趣的話題時，她也不會哈哈大笑。

嗯，我都累了，不過現在要為了諾娜加把勁。

猛地一看，傑佛瑞正不以為意地平靜用餐。這種時候，就能體會到什麼叫「家教不一樣」。傑佛雖然是在崩壞的家庭中長大，但或許有家教老師教他，或者是艾德華先生教他貴族禮儀的。

晚餐時間即將結束的時候，我向傑佛報告鷗麗的消息，說她和黑社會的男性走很近，並且很融入其中。傑佛瑞只說了句「是嗎？可惜了」，諾娜卻快哭出來了。

「媽媽，我們不去救她嗎？」

「不可能的，鷗麗並沒有求助於人，勉強帶她回來，她又會逃出去的。」

「是啊，鷗麗已經十六歲了，她可以選擇自己要住的地方。她認為自己不喜歡這裡的生活，我們也無能為力。」

「是這樣沒錯，可是她才十六歲啊。」

這樣說可能會害諾娜傷心，但我還是得說清楚。

「我會去查證這件事是不是真的，可是諾娜，倘若對方不願接受妳的善意，妳的善意就只是令人困擾的一廂情願。我們認為好的，對方未必這麼覺得喔。」

諾娜默默站起身，腳步大響地跑了出去。今晚的甜點是她最喜歡的櫻桃塔啊。

我算算時間，猜想諾娜應該冷靜下來了，去敲響她的房門。

「門沒鎖，請進。」

「諾娜，很抱歉，沒辦法順從妳的意思去做。」

「媽媽和爸爸說的都沒有錯，妳不用道歉。」

「諾娜是想跟她交朋友對吧？」

「嗯，我還以為我可以跟她當朋友。」

「在鷗麗眼中，諾娜或許是不知人間疾苦、幸福富裕的貴族千金吧？」

呵！諾娜露出成熟的苦笑。

「是嗎？所以她才說我是討厭鬼啊？我明明就不是那種千金大小姐。」

「人都會以貌取人，所以會只看到現在的妳，就認定妳是千金大小姐。」

「喔～原來如此。媽媽，我以後會小心，不會只憑粗淺的認識評斷一個人。」

「是啊，這樣就好。」

我緊緊抱住依然垂頭喪氣的諾娜。

小孩會不斷成長，所以育兒的煩惱也時時在改變，我現在就學到了「育兒就是沒有遇過的煩惱接踵而至」。

我照顧諾娜時，每一個當下都在賣力尋找正確答案。自己的事，我向來都自己判斷、自己解決，但碰到諾娜的事，我會突然失去信心。

每天都充滿迷惘，（這樣真的好嗎？）我不知道。

傑佛瑞受封子爵才不過短短十天。

在我家客廳的桌上就躺著將近二十封信函，有的邀請我和諾娜參加茶會，有的則邀請我們夫妻出席晚宴。

「我不打算去晚宴。」

「那邀請我個人和夫妻倆的就不參加了。諾娜的邀請函有三封，妳要去嗎？」

「我要去啊——不對，『我都會出席，母親』。」

「一開始就全部出席？有一場是庭院茶會，要不要請克拉克少爺陪同？」

「和克拉克少爺一起？假如要見他，我比較希望我們是一起去玩。」

我煩惱地心想：（諾娜，我覺得克拉克少爺不會再爬樹、丟石頭了喔！）此時，傑佛瑞伸出援手。

「這是個大好機會，能讓克拉克看看妳已經是個優雅淑女了喔。」

「啊！對喔，那我和他一起去。交給我吧，媽媽，淑女版的我獲得了約拉那女士的認可，克拉克少爺看到一定會大吃一驚。」

「是啊，這正好是個好機會呢。」

說實話，我之所以會這樣提議，是因為克拉克少爺的父親擔任外務大臣，又長得相貌堂堂，有他在旁邊，明顯想欺負諾娜的千金小姐應該會減少。

茶會訂在四天後，我確定克拉克少爺當天沒有工作後，拜託他陪同諾娜出席。

諾娜首次出席茶會的日子來臨了。

「路上小心，諾娜，妳是個年輕漂亮的淑女喔。」

「謝謝，我出門了，媽媽、爸爸。」

諾娜邁出步伐，走向來接她的克拉克少爺。

她身穿深藍色禮服，搭配白色蕾絲的精緻領飾，腰間繫著同款布料的寬腰帶，在身後綁成蝴蝶結。由於這是她首次參加茶會，服裝也要符合子爵家的身分地位。禮服雖然沒有多奢華，深色卻很適合金髮的諾娜。

她搭上馬車的前一刻突然伸手朝臉旁俐落地一揮，揮出一記十分凌厲的手刀。

（咦？）我大吃一驚，仔細一看，諾娜一臉心虛地回頭。

「有隻金龜子飛過來，我只是揮掉牠而已！沒有殺死牠！」

她大聲喊道。

我全身僵硬地不斷眨眼，傑佛瑞就安慰我「她在別人面前肯定不會這樣的，放心」。

「這還用你說，你特地這麼說反而讓我很忐忑啊。」

「抱歉抱歉，不過那孩子不會辜負妳的期待的。」

「是啊，在這裡煩惱也是徒勞。」

說歸說，我還是很擔心（諾娜能安然無恙回來吧？）。她大概晚上六點回家，我別在家裡痴痴地等吧，擔心過度會消耗精神。

我決定趁諾娜出門時去一趟修道院，可以排遣心情之外，或許能問問買了藥品的人有什麼感想。

抵達修道院時，我和一名服裝儉樸的老婦人擦肩而過，看到她的眼眶紅紅的。

院長和年輕的修女在修道院門口目送她離開，老婦人和我沒有對到眼，低著頭走過去，離開院區。

「歡迎光臨，亞瑟夫人。」

「院長好，剛剛這位婦人好像哭了。」

「是啊，她要搬離長年定居的房子，所以來跟我們道別。」

「是嗎？」

看她的年紀，或許是要搬到孩子家一起住了，但院長看起來悶悶不樂。

「請問怎麼了嗎？」

「沒有，剛剛聽到的事太令人不忍了。您今天是來談藥品的事嗎？」

「對，我想聽聽使用者的感想，抱歉，沒先通知就來訪了。」

院長露出和藹的微笑。

「用過那個藥膏的信徒們都很感激喔，它對過敏、皸裂和濕疹都很有效，大家都非常開心。」

「這樣啊，那就好，妳們也有向他們說明使用方法嗎？」

「有的，我有提醒他們一次不要塗太多，先塗一點觀察情況。」

「謝謝，因為我的製藥老師也是這樣反覆叮嚀我的。」

我被帶到會客室，院長交給我藥膏的費用。

我扣除原料費後將部分款項交給院長，兩人都寫下收據，彼此交換。

「院長，雖然有點麻煩，但為了保障彼此，還是要麻煩妳每次都簽收據。」

「好，當然沒問題，亞瑟夫人。」

院長說完之後看向遠方。

「院長，妳有什麼心事嗎？」

「抱歉，今年已經有四個人為了一紙老舊的合約，將房子脫手了。雖然是無可奈何，但她們都是長年來往這裡的信徒，我還是忍不住。」

這太不對勁了，為什麼老舊的合約會接二連三地冒出來？

「如果方便，可以告訴我是怎麼回事嗎？當然隱去本名也無妨。」

「好，那我依序說明。」

根據院長簡略的說明，事情的開端似乎是剛才那位老婦人的父母在四十年前欠下的債務。父母沒償還債務，利息愈滾愈多，她無力還債，只好放棄自己的房子與土地。

「是四十年來都沒有還款嗎？」

「她好像根本不知道這筆債務的存在，突然被催討小金幣三萬枚，她根本一籌莫展啊。」

「三、三萬枚？」

「正確數字好像是兩萬九千幾百枚。」

「不，不是這個問題。一開始是借了多少才會積欠這麼多？」

「一開始是小金幣二十枚，利息兩成，欠款四十年，以複利計算好像就是那麼多，她說本金可能是父母用來遷入新居的資金。」

以前就有人說一枚小金幣可以買一頭小馬，而新進文官的月薪是小金幣兩枚，所以小金幣二十枚縱然偏多，但或許是新婚夫妻用來買家具、租屋需要的金額。

「有人會完全不還款嗎？有些人可能是還到一半就還不起了，但通常一開始不是會還個幾次嗎？」

「她說他們有些體弱多病的親戚，或許是先把錢花在醫藥費上了。主要是對方拿出有她父親簽名的合約……」

「對方也有問題吧？不應該更早來催款嗎？」

我這樣一問，院長一臉為難。這些話不該拿來逼問她，我向她道歉，滿心疑惑地離開修道院。

我回到家，在客廳的沙發上發呆時，諾娜突然從背後跟我說話。

「我回來了，媽媽。」

諾娜呵呵笑著。

「真是的，就叫妳別消除氣息靠近我了。所以呢？第一次參加茶會還可以嗎？」

「當然安全下樁啦，母親，喔呵呵呵。」

「不要那樣笑，諾娜，說實話是？」

「真的很順利啦，克拉克少爺也誇獎我說『妳很努力了』。」

怎麼有種生硬的感覺？

諾娜這番想安撫我的話，讓我愈聽愈憂心。

當天晚上，諾娜抱著枕頭來到我的臥房，掀起我床上的被子鑽進來。

「我覺得媽媽一定很擔心，所以來報告實情了。」

「謝謝，我想聽妳分享。」

「今天的茶會有十五人參加，其中一個女孩趾高氣昂的，一直用很討厭的眼神盯著我看，所以我就率先去跟她打招呼。」

「嗯，然後呢？」

「她是伯爵千金，叫伊麗莎白．麥格瑞。我一去跟她問好，她就當著眾人的面前問我『妳在成為子爵家女兒之前，算是什麼東西？』，我就回答『我以前是平民，伊麗莎白大小姐』。」

果然會遇到這種情況啊。

「媽媽，約拉那女士太厲害了，她列了大概二十個『以後會碰到的貴族千金中應該注意的人』，還告訴我若是有人質疑我的身分時該怎麼回嘴。我趁伊麗莎白大意的時候，悄悄湊上去說『妳的祖母深受祖父喜愛，過得幸福又美滿，人人稱羨呢』。她聽完就紅著臉，沒有再多說什麼了。」

「這是什麼意思？」

「麥格瑞伯爵的母親好像是平民歌伶，不是什麼明星，名氣並不大，所以很少人知道她是先被貴族收養，才嫁入豪門的。我是壓根不在乎啦，要不是伊麗莎白先挖苦我，我也不打算戳她的痛處。」

約拉那女士，妳一出手就對諾娜下猛藥啊。

「報復別人後感覺好差，所以我以後會盡量對她視而不見。」

我輕輕撫摸諾娜的金髮。

「媽媽，當淑女好麻煩喔。」

「諾娜……」

「我很慶幸能當媽媽的小孩，是真的很慶幸，我不要變成那麼討厭的人，我要像媽媽一樣。」

諾娜身上傳來少女香甜的味道，她在我胸前用頭磨蹭了幾下，馬上就進入夢鄉了。她在茶會上肯定十分緊繃，累壞了吧。往後還會有很多人走進她的人生，她這個年紀，我也不能事事都幫她出頭了。

在諾娜年過十歲之後，我自知是白費心思，仍舊忍不住祈禱：

（但願她往後可能面對的一切苦痛，都由我來承受。）

「只是愚昧的母親在胡言亂語啊。」

我輕輕抱住諾娜，進入了夢鄉。

尋獲金礦脈的鉅額獎金送來我們家。

厚重的黑色木箱宛如行李箱，釘著華麗的金屬裝飾帽釘，內側鋪著紅色天鵝絨，而紅布中塞滿亮晃晃的金幣。

「哇，塞得好滿喔，爸爸。」

「一口氣給全額會不會太不謹慎了？我比較希望他們分次給啊。」

「……安娜，妳的第一句評論就是這個嗎？」

傑佛瑞忍著笑意問。

「嗯？我有說錯什麼嗎？」

我反問之後，他回答「沒什麼」的同時又忍俊不禁，輕輕抿住雙唇，別過臉去笑。

那麼多金幣堆在家裡很不安全啊，我又沒說錯。

同一天晚上，巴納德老爺造訪我家。

「這功勞不在我，所以這些金幣我要全數轉讓給傑佛瑞。」

他的意思是要把所有金幣送給我們。

結果我們又多了一箱同樣有帽釘裝飾的箱子。傑佛瑞一臉為難地向我解釋：

「安娜，我跟舅舅說過我還有瀋國商會那裡的收入，要回絕這筆錢了。」

「別這樣說。我來日不多，收下這一大筆錢也無處可花。而且傑佛瑞成立的商會是屬於國家的，來自商會的收入想必高不到哪裡去，你就當作是為了諾娜，收下吧。」

「為了諾娜嗎？巴納德老爺。」

「你這麼說，我很難拒絕啊，舅舅。」

「因為諾娜就像是我的孫女啊。」

傑佛瑞和我都不是喜於揮霍的人，所以我們看著那兩箱金幣陷入沉默。

「還有，我請文官將那篇密文轉交給宰相了，並傳話想請第三騎士團解密，那是歷史學家應付不來的重要文獻。」

「是嗎？畢竟那看起來很困難。」

「我還是滿心期待地等著第三騎士團破解的那一天吧。重點是我還有工作，要讓埃爾默的未發表作品問世。多虧你們，我每天都其樂無窮啊。」

巴納德老爺說完便離開了。我們目送他離開的時候，傑佛瑞輕輕摟住我的肩膀，把我摟近。

「依妳的個性，看到舅舅為了解密想破頭的樣子應該不好受吧？」

「是啊，非常難受，不過現在我放下心中大石了。那個密文雖然來自哈格爾，但使用的是古老的演算法，第三騎士團一定能解開。」

第八章 老舊的合約

我們家獲得了一筆鉅款。

我們暫且將金幣箱放在傑佛瑞的衣櫃深處，在上頭堆滿騎士團團長時期的裝備當作掩飾。藏完金幣箱，等諾娜回房間之後，我對傑佛瑞說：「我有話要說。」

「好。」傑佛瑞輕聲回應。

我們在傑佛房間裡的長椅上相依而坐，我將心中惦記著的事依序說出來，就是在修道院耳聞的那件事。

「非常老舊又不會太舊的古老合約、合約簽署人的小孩頗有資產、簽名以假亂真，這些都是偽造文書詐欺從以前就有的手法。我在舊書店也曾看到高價的假古書，我猜這一夥人應該潛伏在王都。」

「有偽造文書的專家，是嗎？妳有什麼打算？」

「他們專挑長輩下手，騙走他們長年居住的家，手段太殘忍了，我想替那些受害者討回房子。」

傑佛瑞沉吟，右手摸著下巴思考。

「我也正希望能讓第二騎士團立功呢。」

「我可以一起打擊犯罪嗎？」

「妳有辦法隱瞞自己的真面目吧？我之前也說過了，我不想折損妳的羽翼。」

「傑佛。」

我忍不住抱住傑佛瑞。

「我打從心底感謝你，我絕對不會造成你的麻煩。」

「那如果妳有什麼計畫就告訴我吧，聽完之後，我再放消息給第二騎士團。」

「這樣就十全十美了。」

當天晚上，我們熱絡地擬好作戰計畫。

隔天，我和傑佛瑞來到修道院。

「歡迎亞瑟子爵蒞臨，藥膏的事承蒙夫人關照了。」

「院長，我才該感謝妳販售我妻子的藥品。」

「那麼，請問今天有什麼事？」

院長想必是在納悶「之前不是才來過，怎麼又來了？」，這些都在我的預料之內。

「我聽妻子說，這裡的信徒因為父母的債務被催討還錢，為此十分苦惱。」

「對，這半年已經有四個人將房子脫手了，我們感到痛心疾首。好在他們都可以借住在小孩家，但要是這樣的事繼續發生，我擔心會有人流落街頭。」

傑佛瑞一邊點頭一邊聽著。

「我之前的工作是在濤國成立商會，我們簽訂過很多合約，也很熟悉這些文件，方便讓我看看那些合約有沒有瑕疵嗎？若有瑕疵，或許能保住房子。」

「如果能勞煩你就太好了。請等一下，我現在就派人去請當事人拿合約過來。」

「不，我們過去比較快。院長，可以請妳陪同嗎？」

「好，當然可以。」

我們立刻搭上馬車，前往之前和我擦身而過的老婦人家。

看到印著家紋的馬車停在自家門口，老婦人驚訝地瞪大眼睛，但聽完院長的說明後表情豁然開朗。

「來，歡迎你們蒞臨，很抱歉，裡面很窄小，好在椅子還夠所有人坐。」

「打擾了。」

我們在狹窄的客廳中坐下，老婦人取出盒子裡的合約，傑佛瑞接過來觀察。合約泛黃的紙張感覺很老舊。

傑佛瑞檢查文字是否有漏洞，之後遞給我。

我詳讀文字，遣辭用句沒有不妥之處。

接著我湊近聞合約的味道。

「請問……亞瑟夫人？這是在做什麼？」

「請稍等一下，院長。」

肯定沒錯，雖然微乎其微，但是我聞到杉木木屑的味道，還有細微的紅茶香。

我不希望讓老婦人有所期待又落空，因此我用比較謹慎的方式解釋。

「我出於興趣，製作過羊皮紙書，當時老師教過我一個方法，就是把新的羊皮紙泡在紅茶或杉木木屑煮出來的汁液之中，可以讓新的羊皮紙看起來很舊，而這一張羊皮紙，和那些做舊的羊皮紙感覺有同樣的味道。」

「咦？」

院長和老婦人都露出「聽不懂」的表情，傑佛瑞便詢問老婦人：

「這張合約上面寫的谷德溫信貸商會是？」

「是南區第六大道上的一間老商會，家父確實在那裡借過幾次錢，但是都在短期內還清了。這次我也抗議過他們放任債務四十年不聞不問很不合理，但他們說是換人經營了，所以不清楚事由，總之欠錢就是要還。」

「原來如此。」

「我自認也該在家父過世時認真核對文件，所以摸摸鼻子自認倒霉了。」

「我和先生會去這間商會詢問看看，或許能多少幫上一些忙。」

臉上充滿期待與不安的老婦人將羊皮紙交給我後，我們上了馬車。馬車駛向王城，我留在馬車上，只有傑佛瑞進城。過了一陣子，一個陌生男子和傑佛瑞一起上車。

「安娜，這位是王城檔案管理部專門鑑定文書真偽的岱爾先生，我拜託哥哥請他過來。」

「我是岱爾，你剛剛給我看的合約肯定是做舊做出來的。請馬上帶我去這間商會，部長吩咐過了，第二騎士團會與我們同行。」

岱爾先生是年近五十、中等體型的男子，他戴著一副眼鏡，感覺很正經。回過神時，我發現穿著騎士團制服的人們陸續騎馬過來集合。

「真是罪不可赦，竟然用捏造的合約騙取王國國民的房產。」

「岱爾先生，第二騎士團到齊了，我們出發吧。」

傑佛瑞一聲下令，馬車動了起來。

原以為是由亞瑟家的馬車打頭陣，不過第二騎士團似乎都知道目的地，三兩下就追過馬車，奔馳而去。

冷靜一想，我才意識到身為普通人的我和傑佛瑞幹勁十足地打頭陣，想直搗黃龍也太奇怪了，我不禁苦笑。

谷德溫信貸商會位於南區大街的幾條路之外。

而現在那棟建築物的門前人山人海。

我家馬車停在路邊，我湊到玻璃窗邊觀察外面的情況。

約二十個第二騎士團團員策馬上前，陸續進入商會，注意到異狀的路人都停下腳步，看看發生什麼事了，其中也有一個我見過的人。

這時，商會中傳出怒吼聲，還有物品破裂的匡啷聲響。

（喔～騎士團來抓人了還要抵抗啊？）

我聽著覺得他們這是白費力氣，之後幾個手被綁在身後的男人被拉了出來，他們看起來是獐頭鼠目的年輕男人。

不久後，走出來的是年長男子和中年男子，男生總共十人。接著看到走出來的一個年輕女子，我倒抽一口氣。

她惡狠狠地瞪著逮捕自己的騎士團團員，還氣急敗壞地對圍觀群眾叫囂，這個人就是鷗麗。鷗麗畫著濃妝，打扮得花枝招展，已經不同於在我們家的時候了。

所有人都被拖出來，塞進停在我們的馬車後方、載送罪犯的馬車。乍看之下，那台馬車好像放著一個大箱子，但是它沒有一般的牆面，而是用類似柵欄的牆圍起四面，從柵欄的縫隙中看進去，沒有地方可以坐下，男人們和鷗麗都是站著被帶進去的。

「安娜，她是……」

「對，是鷗麗吧。」

「原來她在這種地方工作啊？」

「如果共謀詐欺算是工作的話。」

圍觀群眾已經將近百人，傑佛瑞對車夫里德喊了一聲，我們決定先回家一趟。

我們派人送了一封信去修道院，告知事情的經過，然後坐在沙發上喝茶，沒什麼說話。瓦莎似乎察覺到事有蹊蹺，端了香煎奶油薄切麵包和幾種果醬過來。

「吃甜食有助消除疲勞喔。」

諾娜等不及瓦莎說完離開，她搶先開口。

「媽媽，怎麼了？」

「我前陣子不是讓妳看過我怎麼染色，把羊皮紙做舊嗎？有一個詐騙集團用這個方法偽造合約，騙取別人的房產。爸爸他通報第二騎士團，把那群壞人都逮捕了。」

「咦咦～為什麼不帶我去？我也想看耶。」

我猶豫了一下，還是決定告訴諾娜真相。

「鷗麗也是被綁起來帶走的人之一。」

「咦？」

「看來比起在這裡安分過日子，鷗麗選擇了夥同壞人一起詐財。與在這裡時相比，她的神情完全判若兩人，我很慶幸妳沒有看到。」

「很慶幸我沒有看到是什麼意思？媽媽不擔心鷗麗被抓嗎？」

諾娜的眼神和語氣充滿責備。

傑佛瑞立刻介入對話，他的口吻比平常更沉著。

「諾娜，如果是妳，妳會怎麼做？」

「做什麼？」

「如果諾娜為人父母，妳會想讓自己的女兒看到鷗麗被逮捕嗎？為了什麼？」

「我又不是這個意思，我只是覺得媽媽的口氣很冷漠。」

諾娜是希望我多為鷗麗著想吧，可是……

「我現在先講清楚，免得妳誤會，諾娜。鷗麗先對克拉克少爺撒謊，知道他不接受自己後逃出了這個家，接著她和詐騙集團混在一起，為虎作倀。鷗麗不是被迫的，一切都是依她自己的意志行動的。」

「鷗麗可能不知道那是詐騙啊。」

「是啊，但不是不知道就沒事了，因為她已經成年了。我已經決定了，若她贖完罪之後需要幫助，我會伸出援手的。」

諾娜似乎還是無法釋懷，傑佛瑞續道：

「鷗麗聰明伶俐，我覺得她知道那些男人在做什麼。她不願意認真工作，選擇了騙人詐財這條路，如果那個人是諾娜……我會哭著把妳交給騎士團或警備隊的，我認為這才是我對妳的愛和責任。」

諾娜不發一語地看著傑佛瑞，然後垂下肩膀走出房間。

「我這樣說好嗎？我沒有信心能當好父親，但是我一直都是帶著這樣的決心養育諾娜的。」

「如果是諾娜涉入犯罪，利用人們的痛苦發大財……是啊，我也會哭著交出諾娜的。」

我們家有花不完的錢財，我想相信諾娜不會為錢所困，闖下大禍，不過有錢人做虧心事的案例數都數不清。

在這個世道，經濟的富裕和心靈的富足本來就不成正比。

「我們把諾娜養育成一個能做出正確選擇的人吧，接下來就是她自己的人生了。」

溺愛諾娜的我說出打算放任她的話，傑佛瑞一臉驚訝。

「諾娜很重要，她比我自己更重要，不過我們會先死，不可能保護她到她的人生終點。我希望將她養育成沒有我們也能活下去，跌倒了能自己爬起來，也忍得住擦傷的疼痛。我們不能永遠把她抱在懷裡呵護。」

我嘆了口氣，繼續說：

「可是啊，我有時候也會想如果是懷胎十月、辛辛苦苦生下她的生母，或許會有所不同。我也會想，母親重視的也許不是善惡，她們寧可與全世界為敵，也會想保護自己的小孩吧。」

「安娜……」

「這個問題，我一輩子都得不到答案啊。」

我說完，靜靜地笑了，傑佛瑞將我的頭擁入懷裡。

「我會和妳一起煩惱，妳不要自己扛。養兒育女真不容易啊。」

「就是啊，我沒有參考對象，總是很迷惘。明明和你攜手共度一生就毫無猶豫。」

「我也是，和妳攜手共度的路上即便出現再多選項，我都有信心可以立刻做出選擇，但對於諾娜，我每次都很猶豫。」

那一天，我們讓諾娜自己靜一靜。

諾娜內心的答案，應該由她自己摸索尋找。

隔天一早，諾娜若無其事地面帶笑容來吃早餐。

「媽媽，昨天很對不起，我只是在亂發脾氣。我不會做壞事，讓你們把我交給警備隊的，我也覺得假使我做了壞事，爸爸媽媽一定會把我交給警備隊，而且比起被抓走的我，你們一定會哭得更傷心。」

養育小孩不容易，但是常常會感受到幸福呢。我這麼想著，露出了微笑。

入夜後，艾德華先生來訪。

「大功一件啊，傑佛瑞。那些人騙了南區的平民之後，也把魔掌伸向下級貴族了。聽說谷德溫信貸商會的閣樓房間裡，有很多張製作中的偽造合約。第二騎士團團長說，他們會盡力討回南區平民的房產損失。」

「這樣啊，有幫上忙真是太好了。」

「聽說起因是維多利亞的藥膏？」

「是的，艾德華先生，我一跟傑佛瑞提到老舊合約，他就說『太奇怪了』，馬上採取行動。」

「是嗎？我都不知道你有關於偽造文書的知識，唉呀，真的是大功一件。」

艾德華先生心情大好地離開了。

一切都相當順利。

我後來帶諾娜去會面過鷗麗幾次。

鷗麗的刑期已定，她不是主謀又是初犯，因此酌情判處兩年的監禁刑。我們帶著物品去申請會面，但她只收下物品，始終不答應會面。每次在回家路上，我都要安慰大失所望的諾娜。

「媽媽，鷗麗不是說『我是被騙的』嗎？她一定是迫於無奈才成為同夥的吧，她逃出我們家之後無法溫飽，才會出此下策。」

我陷入沉默。

「媽媽？」

「妳想聽信鷗麗的說詞，是為了鷗麗著想嗎？還是因為妳無法接受自己被背叛了？妳真的覺得相信她的說詞是為她著想嗎？」

「無法接受自己是什麼意思？」

「會為別人的謊言辯護，通常是因為不想承認自己上當了。」

「這……我也不清楚。」

我知道自己這麼說很絕情。我不想直接回家，因此前往之前去過的租書舊書店。

柴克瑞舊書店的大門上掛著「營業中」的吊牌。

「好懷念！住在約拉那女士的別屋時，我們常去租書店呢。」

「是啊，那間店已經關了，不過以後可以來這間。」

「嗯！」

「歡迎光臨，歡迎進來慢慢看。」

老闆威爾．柴克瑞先生帶著穩重的笑容出來迎接。

他招呼完我們後也在櫃檯裡看書。我去看了收著高價古書的玻璃門書櫃，今天沒看到可疑的古書，是賣出去了嗎？

諾娜很興奮，不停快步在店裡逛著，然後抱了三本書回來。

「媽媽，可以借這幾本嗎？」

「啊，那些不是出租書，是要賣的喔，可以啊。」

「可以買嗎？好開心！」

諾娜抱來的三本書是系列作，是俠盜冒險小說《來自地獄的使者玳魯．杜爾葛》。我把書拿去櫃檯結帳，心裡想著「這感覺會是男生喜歡的」，但是沒有說出口。

「大小姐喜歡俠盜冒險小說嗎？」

「對！超喜歡，之前都是用租的，這是媽媽第一次買給我，所以我很開心！」

「這樣啊，以後也歡迎常來。」

威爾先生一笑，眼睛就彎成月牙形的圓弧，讓我忍不住也跟著微笑。

諾娜在回程的馬車上就沉迷在書中。

「在馬車上看書會暈車喔。」

出聲提醒她，似乎也恍若未聞。晚上用完餐後她火速回房，感覺會看書看到深夜。

「喜歡看書很好啊。」

「是啊，來自地獄的使者……噗！」

「你不要在她面前笑喔，因為玳魯．杜爾葛好像是她崇拜的對象。」

「來自地獄的使者嗎？崇拜的對象？」

傑佛很納悶，他似乎不太理解女孩子的心情。

其實我還是組織的訓練生時，初戀也曾經是俠盜冒險小說的主角。

「小說主角具有活生生的人類沒有的魅力啊。」

「是這樣嗎？但竟然是來自地獄的使者，呵呵呵。」

我得把我的初戀帶進墳墓裡了。

幾天後，我們家來了一位意外的訪客。訪客乘馬車而來，扶著車夫的手下車，她穿著一身深粉紅色的禮服，是與諾娜同年齡層，留著一頭波浪捲的美女。

「我是伊麗莎白．麥格瑞，諾娜小姐在嗎？」

一位盛氣凌人的千金小姐站在玄關前，站姿很有架勢。

我碰巧在玄關大廳整理花瓶裡的花，所以出來迎接她，但她可能以為我是侍女。

「諾娜在房裡，我去叫她，請移駕至會客室。」
「難不成妳是諾娜小姐的母親？」
「是啊，沒錯。」
「我真是太失禮了。我是羅德里克．麥格瑞伯爵的長女伊麗莎白．麥格瑞，請多多指教。」
「妳多禮了，我是安娜．亞瑟，來吧，這邊請。」
她對我做了一個完美的淑女問候，我也回以完美的貴婦問候。
伊麗莎白小姐看到我的儀態，一瞬間面露驚訝，但又馬上平復心情，再次以盛氣凌人的神情跟在我後面。
我打開會客室的門，不知道為什麼諾娜躺在裡頭的沙發上看書。
「諾娜，起來，伊麗莎白小姐來訪。」
「喔～歡迎。」
「諾娜！沒禮貌，起來。」
「諾娜小姐，我有事想跟妳說，請妳起來。」
諾娜雖然沒有咂嘴，但是她一臉嫌惡地坐起身，面無表情地問「怎麼了？」。
「我在眾人面前對妳問了很無禮的問題，很抱歉。」
「喔。」
「但是諾娜小姐說到我祖母的時候，很體貼地放低了音量吧？」
「然後呢？」

「我欠妳一個人情，以後妳有什麼困難，我會伸出援手回報妳，別看我這樣，我在社交界也小有名氣……」

「不需要。」

「啊？」

「我不需要妳的幫助，妳也不必放在心上，想做什麼都隨便妳，喔呵呵呵。」

我明明說過不要這樣笑了。

「妳、妳太無禮了，本小姐特地來賠罪，妳竟然拒絕本小姐的幫助。」

「不好意思，妳的幫助對我來說不值一提，不管有沒有都不成影響。我正忙著讀玳魯．杜爾葛，妳走吧。」

伊麗莎白小姐目光凌厲地瞪著諾娜，踩響跟鞋，步步逼近。我抱著看好戲的心情靜靜看著。

「妳喜歡玳魯．杜爾葛嗎？我家有全套喔。」

「咦？真的嗎？」

面無表情的諾娜瞬間變得神情雀躍，看得我都要笑出來了。

「絕無虛言，家兄有一陣子很著迷，妳願意的話，要來敝宅看嗎？」

「我要去！現在可以去妳家嗎？買回來的書我已經都讀過兩遍了。」

「現在來也無妨，我用敝宅主廚的拿手蛋糕招待妳。」

「太好了！我要去我要去！可以嗎？媽媽。」

該點頭嗎？還是該複習完淑女教育再讓她去？

「媽媽！」

「亞瑟夫人，我也拜託妳，家母肯定也樂於見到我帶諾娜小姐回去的。」

「啊～因為伊麗莎白好像沒朋友嘛。」

「有！我有！」

「茶會時，在妳身邊的不是朋友吧？那些是僕從吧？僕從和朋友是截然不同的喔。」

「唔！」

「可以啊，我不會當妳的僕從，但我願意當妳的朋友。媽媽，我可以現在過去嗎？」

在兩位美少女的注視之下，我實在拒絕不了。

「是可以啦……」

「好耶！媽媽說可以。伊麗莎白，走吧！」

伊麗莎白小姐不知道為什麼也歡天喜地帶諾娜坐上馬車。

（沒問題嗎？就那樣讓她出門可以嗎？）事後我才十分忐忑不安，此時，瓦莎從身後對我說：

「夫人，諾娜大小姐是個不得了的迷人精呢。她竟然能和那位趾高氣揚的大小姐迅速拉近距離，這不是有心就做得到的喔，我很敬佩她的手段。」

是嗎？這樣沒問題嗎？

在晚餐時間前，諾娜樂不可支地回來了。

「伊麗莎白家的點心非常好吃喔。」

她說著，把堆滿伴手禮的藤籃放在桌上。

「妳們玩得開心就好，但這麼多的點心究竟是從哪裡來的？」

「伊麗莎白的母親叫我全部帶走，我就把她們招待的點心都帶回來了。」

「是、是嗎？」

諾娜開心就好吧？我如此說服自己。我將諾娜和伊麗莎白大小姐的對話告訴傑佛瑞後……

「她在濡國好像受到伊留的大量訓練，變得很堅強了。話說回來，她已經徹底打破我對她『背負著痛苦過去的美少女』的印象了。」

他一直輕笑著，最後擦去眼淚。我直到最近才知道，原來傑佛瑞是這麼愛笑的人。

第九章 美麗的古書

最近伊麗莎白小姐常常來我家玩。

她沒來的時候，諾娜會跑去麥格瑞伯爵家。我不懂她們怎麼會變得如此要好，但諾娜首次結交到同性朋友，我也很欣慰。

多虧於此，伊麗莎白小姐後來會帶著諾娜到處參加茶會。儘管如此，我也沒特別聽說有什麼事端，可見她有好好扮演淑女。我是這樣相信的。

某天傍晚，克拉克少爺收工回家時，造訪我們家。

「老師，諾娜最近沒有參加茶會嗎？」

「不，她常常參加喔。」

「有參加……是跟誰？」

「和她最近很要好的伊麗莎白．麥格瑞小姐一起。」

「喔～是那位千金啊，真是意外，她明明欺負了諾娜。」

「好像是諾娜對她強硬了一點，她們就突然變要好了。」

「是……嗎？」

「克拉克少爺，你在擔心什麼嗎？」

我不斷鼓勵他，才從話不多的克拉克少爺口中問出答案，他說諾娜初次參加茶會的時候，有很多公子圍繞在她身邊。

借用克拉克少爺的話來說就是「聚到砂糖上的蟻群」，他們似乎圍住諾娜，東講西講的。

「諾娜在茶會上都很優雅地謹守著淑女的分際，與和我在一起的時候判若兩人。也因為她一個人吸引了很多公子的關注，才會被伊麗莎白小姐盯上。」

「喔～是這麼一回事啊。比起認識男生，諾娜好像還是比較喜歡結交女生朋友喔，被公子包圍的事我是第一次聽說，他們可能沒有留在諾娜的記憶中吧。」

「什麼嘛，這樣啊。」

突然眉開眼笑的克拉克少爺真可愛，他原本大概以為青梅竹馬諾娜會被其他公子搶走。

「克拉克少爺，你偶爾也陪陪諾娜吧。」

「好！這是當然。她終於回國了，我們卻幾乎見不到面，我覺得很可惜，所以去西碧爾的時候好像回到了從前，非常好玩。」

克拉克少爺留下一句「下次休假時，我會來玩」後離去。我告訴諾娜這件事後，她很高興地說：

「哇！下次要玩什麼呢？」

今天伊麗莎白小姐也來家裡作客，她對諾娜說：

「諾娜小姐也該多整理自己的頭髮。」

她如此建議。諾娜不喜歡把頭髮牢固地盤起來，她說會頭痛，因此她通常都綁一條寬鬆的麻花辨，或者完全不綁，直接垂在身後。伊麗莎白小姐講的或許是這個部分。

她們玩得很開心，我也在一旁製作軟膏。

聽說「南區修道院賣的軟膏很有效」的風評已經傳開，最近連東區貴族的傭人都會來買。

為了販賣軟膏，我有向公署提交了申請，承辦人員也確認過申請內容，不過製作者只有我一個人，風評再好也做不來。

我今天也拜託里德送軟膏去修道院，接著換上平民服飾前往柴克瑞舊書店，順道活動身體。

威爾・柴克瑞先生今天也在看書，店裡除了我，還有兩個客人。

「歡迎光臨，慢慢看。」

「你好，打擾了。」

我先去那個書櫃前確認沒有贋品古書，放心之後才去看其他書架。或許是因為那間信貸商會被掃蕩了，贋品古書都消失了，詐騙集團的人可能提高了警覺，不會再有人受騙就是萬幸。

諾娜似乎借了伊麗莎白小姐家所有的書來讀，就算我說會買書給她，她也不太願意跟我來。

我買了兩本刺繡的古書，準備付錢時，柴克瑞先生向我攀談。

「冒昧請教，小姐對古書有興趣嗎？妳每次來都會去看玻璃門書櫃，是不是有蒐集的嗜好。」

「對，有一點。」

「其實我拿到了很罕見的古書，妳願意看看嗎？」

「好，我很樂意。」

柴克瑞先生給我看的是一本精美到令人驚呼的古書。

雖然年代沒有埃爾默親筆寫的《失落的王冠》那麼悠久，但一樣相當古老。

封面是燙金的書名《裝飾的歷史》，書中畫著寫實插畫，囊括了古今東西的華麗項鍊、頸環、手環和戒指等等。

「好精美喔，插圖很精緻，寫在旁邊的歷史軼事也都很有趣。我不了解飾品，不過這本書怎麼閱讀或欣賞都不會膩。」

「我就知道妳一定會這麼說，如果夫人願意買，這本書和我都會很高興。」

「唉呀。」

要買是買得起，畢竟有大量的金幣沉睡在我們家。

不過這本書要價八枚小金幣，再怎麼說，為了古書花八枚小金幣都很讓人躊躇。一想到如果把這筆錢捐出去，修道院的床鋪就能得到改善，我就舉棋不定。假如要二選一，對我來說，改善修道院的床鋪更為重要。

「很令人猶豫吧？其實我有另一棟當成倉庫使用的屋子，那裡還有很多這類型的書，價格稍微親民一些，妳有興趣的話要不要去看看？自己去，您應該會不太放心，也可以叫車夫一起來。」

「說得也是，今天已經傍晚了，不如明天吧。」

「好，靜候夫人的光臨，美麗的古書也在引頸期盼喔。」

今天諾娜受邀去了克拉克少爺家，她說明天會在家，偶爾也請她陪同吧。

我還想帶傑佛瑞去，不過他每天都會去騎士團的辦公室，聽說第二騎士團團長有事沒事就會叫傑佛瑞過去。他對那個騎士團很有感情，所以他去的時候都很高興。傑佛瑞高興是最重要的。

明天就去欣賞美麗的書本，選一本買得起的書買下吧，他應該會同意。諾娜也說：

「好啊，我也想看看有漂亮插畫的古書，我要去。」

（明天會遇見什麼書呢？）當天晚上，我進入夢鄉的同時高興地想像著。

柴克瑞先生現在正在帶我和諾娜去見美麗的古書。

他將店面的吊牌翻到「休息中」，帶我們前往目的地。

「車夫呢？不一起來嗎？」

「今天我們想活動身體，所以是走路過來的。」

「這樣啊。存放古書的屋子就在前面，來，走吧。」

柴克瑞先生說著，走在我們前面，卻不知為何，遲遲沒有抵達目的地。我們已經遠離了南區的商店街，來到南區外圍。走過轉角沒多久時，我對諾娜說：

「諾娜，妳該帶西碧去散步了吧？」

「西碧？……啊，聽媽媽這麼一說我才想到，太可惜了，我先回家嘍。」

「我也會馬上回去的。」

「好～我會好好帶西碧去散步！」

柴克瑞先生轉過頭，好像想挽留諾娜而走回轉角處，但她已經不見蹤影了才對。

「大小姐的腳程真快啊。」

「是啊，她走得非常快。柴克瑞先生，放書的地方還很遠嗎？」

一笑，眼睛就會瞇成一彎月牙的柴克瑞先生直盯著我，皮笑肉不笑的眼神冷若冰霜。

「雖然被女兒逃跑了，但我會帶妳過去。」

「什麼意思？不是要給我看書嗎？」

「夫人，請妳放心，在陰間也能看書的。」

柴克瑞說完，用力擒住我的上手臂，亮出刀子。

「妳不希望佯裝尊貴的臉上留下巨大的傷口吧？乖乖往前走。」

「拜託你放我走！」

「我叫妳安靜。」

我和柴克瑞身體貼得緊緊的，在外人眼裡，大概就像一對如膠似漆的情侶。這一帶似乎即將進行都更，有很多間預定要拆除的木造老房子，毫無人煙，「禁止進入空屋」的立牌隨處可見，相當顯眼。

不久後，我被押進一間空屋。

屋裡有四個長得凶神惡煞的男子。他們在桌邊玩牌，看到我被推進來也不驚訝，露出賊笑。

「這裡是哪裡？你們打算怎麼樣？」

「向騎士團檢舉谷德溫的就是妳吧？畢竟妳當時在馬車裡看著現場抓人的情況。」

「……是又怎麼樣？」

「怎麼說呢？有必要跟妳解釋嗎？反正妳現在就要死了！」

柴克瑞說完舉起刀子，往我揮下。

我當然馬上閃過。男人們驚訝地站起來，加上柴克瑞總共有五個人。他們熟練地站到窗戶和門前，擋住能逃跑的出口。

「好頑強的婦人，妳還有什麼能耐？」

柴克瑞露出輕蔑的笑容，其他男人也笑得很噁心。諾娜現在跑到哪裡了？她去幫我叫警備隊或騎士團了嗎？我的腿上纏著一把刀，不過如果可以，我還是希望他們被逮捕，不想痛下殺手。

一名男子走過來，試圖抓住我的手。我迅速佯裝要後退，利用後仰的力道往他臉上使出肘擊。我全身奮力揮出肘擊，應該打斷了他的鼻骨。

「啊啊啊啊！」男子發出慘叫聲並蹲下。

自此，剩下的四個人都撲向我。

我踢上一個人的腹部，把他一腳踢開，而柴克瑞的側臉挨下一記迴旋踢。

突然間，諾娜打開天花板從天而降，穩穩地落在桌上。男子們停下動作，錯愕地看著諾娜。

奇怪？她回來了？我以為我們交換過眼神，以「去叫警備隊來。」「好。」成功溝通了。

「啊？妳是誰啊？」

「是這女人的女兒。來得正好，抓住她。」

柴克瑞按著被我踢中的頭，對男人們下令。

那一秒，桌上的諾娜一躍，飛過男子們的頭上，站到門前。

（好，幫我打開門吧。）我心想。

沒想到諾娜在門前擺出瀋國招式的預備姿勢，擺出有點凶狠的表情大喊：

「來自地獄的使者玳魯．杜爾葛！之類的角色登場！」

……好蠢。

（算了，我來解決所有人吧。）我這麼想的下一刻，諾娜就以猛烈的攻勢接連對男人們發動攻擊。

她踢上附近的男子腹部，在他抱著腹部往前傾倒的時候跳到他的頸部，利用重力把男子拉倒，將頭撞上地面。啊，這招一個不小心會頸部骨折，鬧出人命啊，好危險。

接著她往柴克瑞的胸口揮出正拳，順勢又繞到他背後，對後腦勺砍下右手手刀，之後用左手手刀劈往另一個男子的喉嚨。

還不到二十秒，所有人都倒在地上，諾娜一臉心滿意足地站著，呼吸也不怎麼紊亂。

「趕快把他們綁起來吧，媽媽。」

「也對。」

我們從昏迷的男人身上脫下褲子，用力撕開，用這些撕裂的褲子緊緊綁住他們的雙手雙腳。綁到一半時，一個男子想爬起來，諾娜就對他的腹部使出膝擊，讓他再度失去意識。我一邊綁人一邊說：

「我本來是想請妳找警備隊來的。」

「我不知道會是警備隊、騎士團還是邁克先生，但會有人來的。」

「為什麼？妳不是沒去找人嗎？」

「我沒去找人，不過現在這間房子的屋頂飄起了大紅色的煙霧，應該會有人跑過來吧。」

「妳是在哪裡拿到這種東西的？」

「回國後，我和邁克先生過招時不是贏了嗎？是那時候的獎勵。邁克先生說用力拉下繩子就會著火，冒出大紅色的煙霧，如果是在王城可見的範圍內，第三騎士團或第二騎士團就會趕來。」

「啊～那個時候的紅球，喔～是那個……」

我和諾娜在悠哉聊天的時候，外面傳來全力奔馳而至的馬蹄聲。大門砰地一聲被推開，一個男子衝進來，頭上的黑色針織帽壓得很低，並用領巾遮住眼部以下的範圍。

「沒事吧！呃，已經都被解決了呢。」

「這個聲音是邁克先生吧?對,都解決了,他們也是偽造合約的同夥。主謀是這個自稱為柴克瑞的舊書店老闆,應該不是本名就是了。」

「呃,第二騎士團馬上就會過來了,總之可以請妳們先離開嗎?」

「好,那就這樣,我們告辭了。」

我和諾娜彎下腰,做出淑女的敬禮動作後離開空屋。

「諾娜,我可以說句話嗎?」

「抱歉!我就想用玳魯·杜爾葛的方式登場一次啊。」

「『之類的角色』是多餘的吧?」

「啊,是要講這個?」

「這種時候要把羞恥心全部拋開才行。」

「呵呵呵,媽媽果然很有趣。」

「唉呀,是嗎?」

我和諾娜一邊聊一邊走路回家,而邁克先生騎著馬,與我們幾乎同時抵達我家。

邁克先生以王城文官的名義來訪,傑佛瑞也在場,現在我們三個人正壓低音量說話。

「維多利亞小姐,妳是從什麼時候開始懷疑柴克瑞舊書店的?」

「從第一次進入那間店開始。連我都認得的高價書明明隨便放在書架上展示,價格比較低的書卻存放進書櫃裡，還和贗品古書放在一起。我心想，這明明是歷史悠久的店家，怎麼會亂擺一通，於是去向認識的酒吧老闆打聽了一下。」

我一問到這間舊書店，薩赫洛先生就沉著臉說：

「那間店是經營好幾代的舊書店，老闆卻突然消失了。大概是一年前，我們鄰居之間本來很要好，那個老闆卻一聲不吭就不見蹤影了。過一陣子，我才聽說他還不起父母欠下的債務，跑路了。」

「贗品古書和父母的債務，這些都跟我在修道院聽說的很相似。」

「原來如此，然後呢？」

「因此我常跑去那間舊書店，故意每次都去看玻璃門書櫃。掃蕩谷德溫商會的時候，我看到柴克瑞在圍觀群眾之中，他一直盯著我家馬車看，因此我一直在等柴克瑞懷疑我是檢舉人，主動跟我說話。」

「安娜，妳在那個階段就該跟我說了。」

這件事我也猶豫了許久。

「對不起，傑佛。要是知道柴克瑞那天會行動，我就告訴你了。但我不確定是哪一天，總不能每天都要你陪著我吧？再說你在的話，柴克瑞大概不會靠近我，這樣事情永遠無法解決，那些無家可歸的人那麼無助也很可憐。」

傑佛瑞的表情很難看。

「聽說敵人有五個啊。」

「只有五個喔，最後都是諾娜收拾的，而且非常輕鬆，濤國武術很適合實戰。傑佛，對不起，我下次一定會告訴你，所以你不要這麼沮喪嘛。」

邁克先生和傑佛瑞都以「妳真是讓人傷腦筋」的眼神看著我。

「不要講得好像下次一定還會被誰盯上一樣。」

「啊、啊啊，這是不小心的，我只是舉例而已。」

「不過，呃，請等一下，維多利亞小姐。」

邁克先生閉上眼睛，在腦中整理思緒。

「柴克瑞也有可能沒發現妳和掃蕩谷德溫商會有關吧？」

「他一定會發現，因為有好幾本可疑的書都被我拿起來聞過，柴克瑞並沒直接看著我，但總是會透過窗戶玻璃看著我聞味道檢查。他在窗外拉下遮光布簾遮得那麼緊，也是為了把窗戶玻璃當成鏡子用。」

邁克先生嘆了口氣看向我。

「妳都心知肚明，還是繼續去舊書店嗎？很危險耶。不過諾娜小姐這麼厲害，真是讓人放心。表面上是我逮捕他們的，但他們都異口同聲地說「被一個強到嚇人的小女孩打趴了」。不過他們身上的詐欺案很多件，連貴族都不放過，所以最小的手下也會強制勞動十年。」

聽到這裡，我就安心了。

「那至少我和諾娜在這十年可以放寬心了。」

「是啊，這次妳們真的幫了大忙。我們一直摸不清偽造合約的主謀是誰，谷德溫商會都是透過中間人聽命執行的，沒有人知道主謀是柴克瑞。」

「真是小心謹慎的人呢，但他的致命傷就是不知道古書的價值。」

「不，維多利亞小姐，遇見妳才是柴克瑞的致命傷。」

邁克先生終於喝了口茶，然後說著「對了」，好像想起了什麼。

「我們終於破解巴納德老爺送來的密文了。原來埃爾默是哈格爾的諜報員啊，我的夥伴費盡千辛萬苦才發現密文用的是哈格爾的古老加密法。」

「唉呀，是這樣啊。」

「看妳這反應，妳早就破解了吧？」

我只露出不置可否的笑容，什麼都沒有回答。

「埃爾默與維多利亞小姐真相似，脫離組織、邂逅命中注定的對象、過著幸福的人生，這些都一模一樣。」

「是……嗎？」

「是啊，還有，巴納德老爺參與了埃爾默未發表作品的出版工作，馬上就能在書店看到了。我也是埃爾默．阿奇博德的書迷，所以很期待。對了，以後有什麼事想暗中知會我的話，麻煩去約拉那女士宅邸後方的房子。以前住的是邁爾斯先生，現在是一名叫查斯特的人租屋住在那裡，能與我取得聯繫。」

邁克先生帶著笑容離開。

我們夫妻倆稍事休息後，突然聽到敲門聲。我和傑佛瑞一起看向門口，只見諾娜站在敞開的門邊。

「爸爸，以後有我在，所以你不用擔心媽媽了。」

「聽說小勇者大顯了身手呢。」

「嗯，與姜老師的弟子們比起來，他們的動作都慢很多。」

「諾娜，妳不要忘記要是妳受傷，我和安娜都會難受喔。」

「我知道了，我會小心。對了，爸爸、媽媽，我可以養寵物嗎？」

對喔，我都忘記能讓諾娜養貓貓狗狗了。

「嗯，好啊，妳要自己照顧喔。」

「好～」

「妳想養什麼？狗？貓？還是小鳥？」

「貓吧，伊麗莎白家的貓非常可愛，但是都不親近我，我想要會親近我的貓。」

「是嗎？那來找找看有沒有人想送養小貓吧。」

「嗯！」

就這樣，偽造合約的案件到此落幕。

幾天後，巴納德老爺帶著埃爾默的未發表書籍來訪。

「恭喜你，巴納德老爺，各國的埃爾默迷看到未發表作品都會歡欣鼓舞吧。」

「真沒想到能參與出版埃爾默的未發表作品，活久一點真是值得，這一切都要歸功於維多利亞啊。」

「若沒有巴納德老爺的研究，我們也走不到這一步。」

巴納德老爺將上市前的全新埃爾默小說送給我。

我笑著收下了，但老實說，我有點不敢翻開來。

晚上，傑佛瑞來到我的臥房，看起來憂心忡忡的。我一直提醒自己要保持笑容，不過我的憂慮肯定唯獨無法瞞過他的眼睛。

「安娜，怎麼了？舅舅來過之後，妳的表情一直很陰沉。」

「傑佛。」

「妳不想說嗎？」

「也不是，要是我的直覺沒錯，那本書裡應該也藏著密碼。」

「那本書也有？為什麼妳會這樣想？」

傑佛瑞坐在我對面看著我，而我看向放在書桌上的埃爾默未發表作品《漫長旅程的尾聲》。

把那疊羊皮紙交給巴納德老爺前，我大略讀了一次，與其說它是冒險小說，不如說是「冒險家在漫長旅程的尾聲過著安穩的日子，懷念起過去他與心愛女子的生活」，故事開始時，女子已不在人世了。

「埃爾默為什麼要將這篇作品放進壺器裡，藏在森林小屋？他不出書，選擇把它與寫著重大祕密的密文一起封存起來，不是有什麼意義嗎？」

「妳說的意義是指什麼？我不熟悉密碼，但妳覺得呢？」

「我猜他是故意把兩樣東西藏在壺裡，只有能破解埃爾默遺書的人，才有辦法看到《漫長旅程的尾聲》中的密文。他既不希望內容被廣為流傳，又希望有人聆聽。」

「然後呢？」

「埃爾默的一生背負了太多祕密，他可能是想在前往天庭之前，放下身上的重擔吧。假如我是埃爾默，連對親生孩子都必須隱瞞自己和妻子的真實身分，這樣的我在最後會寫下什麼？」

傑佛瑞輕輕來到我身邊，手搭在我的肩膀上，那隻手的溫度讓人安心。

「假如我是埃爾默，希望別人聆聽，但一個祕密牽涉著另一個祕密，因此無法對任何人訴說……我或許會希望遙遠未來的某天有人能讀到我的心情，於是把祕密偷偷寫進書裡——如果我是埃爾默。」

＊

我沒有勇氣去讀埃爾默．阿奇博德的《漫長旅程的尾聲》，傑佛瑞安慰我：

「妳沒心情就不必讀，想讀再讀就好，因為妳沒有義務一定要解開埃爾默的密碼，別為了責任感而勉強自己。」

他只說了這些。

他沒有追究我為什麼需要勇氣，也沒問我覺得他寫了什麼。但我仍提不起勇氣，書仍擺在桌上。

某一天，侍女瓦莎談到了小貓的話題。附近好像有人家的寵物貓生了小貓，想找人飼養，我和諾娜馬上去看了小貓。

「媽媽，好可愛喔！」

「真可愛，有五隻喔，對方說要帶走哪一隻都可以。」

「哇，好猶豫！每一隻都好可愛！我沒辦法只選一隻。」

「也可以養兩隻喔。」

「真的嗎？可以養兩隻嗎？」

「小貓有同伴陪玩也會比較開心吧？有同伴就不孤單了。」

鄰居老婦人說：「要挑多少隻、哪幾隻都可以。」

「那我要牠和牠！」

「是嗎？那就這兩隻吧。」

諾娜把小貓裝進籠子裡抱回家。她幫牠們取名叫「艾許」和「伯里」，因為是在艾許伯里的王都領養的，取名方式很單純。艾許和伯里差不多結束斷奶了，能自己吃柔軟的食物。

「在牠們熟悉我之前，我絕對不會讓伊麗莎白看到。她很習慣養貓，要是牠們很親近她，我會很不甘心。」

諾娜說道。沒想到她對伊麗莎白也會有競爭意識，我還以為她沒有把這種類型的人放在眼裡，讓我覺得既意外又有趣。

「亞瑟夫人，妳覺得呢？」

「咦？對不起，伊麗莎白大小姐，我沒有仔細聽，怎麼了嗎？」

「我是說諾娜小姐的寵物艾許和伯里，她一直不讓我見牠們，她真的養了小貓嗎？不會像之前一樣說是寵物，結果卻是石頭吧？」

「伊麗莎白大小姐，諾娜真的養貓了喔。」

「唉呀，這樣啊。」

「是啊，雖然養了小貓，但是在牠們黏上我之前，我不會讓伊麗莎白見牠們。」

「這麼小氣！以後一定要讓我見見牠們！還有，為什麼這位男士也在場？我還以為今天是女性專場的茶會。」

這位男士指的是克拉克少爺。

他得知諾娜常常和伊麗莎白小姐一起出席茶會之後，每次都會陪同諾娜出席。我告訴他今天會在我家舉辦茶會，他就來作客了。

「妳當我不存在就好，伊麗莎白小姐。」

「你就在我眼前啊，太強人所難了。還有，克拉克少爺，每次諾娜小姐出席茶會，你就像看門犬一樣跟得緊緊的，我認為不太妥當。你擺明就是不希望其他公子靠近她，她又不是你的未婚妻！」

「我和諾娜是青梅竹馬，所以沒關係。」

「對啊對啊，克拉克少爺和我就像兄妹一樣。」

「……」

克拉克少爺的臉好像僵住了。他對諾娜果然有超出青梅竹馬的情感嗎？

不過……

我好想看看克拉克少爺變成看門犬的樣子。長大後氣宇不凡的他，已經不見以前被諾娜膝擊時的模樣了，這樣的他竟然會是諾娜的看門犬，啊啊，好想見識一下。

熱鬧的茶會結束，傑佛瑞在傍晚從第二騎士團回來。

聽說他最近得到了第二騎士團顧問的頭銜，身為顧問不必親赴前線，但要陪同騎士團練劍，有什麼意外也可以幫忙他們。

「畢竟我成立的商會是由國家管理的，我空有個頭銜，基本上沒有工作要忙。」

「你有空的話，要幫忙成立我的軟膏和口服藥的商會嗎？」

「嗯，好啊。」

「我開玩笑的，我又沒辦法做出那麼多數量，我們家的財務危機也解除了。不過你若無聊，何不開始做點新工作？」

「說得也是，我來想想看。不過我想先休息一陣子，畢竟之前一直在工作。」

「也對。」

此時，我提起白天時聽說的克拉克少爺的事蹟。

「克拉克對她有戀愛的感情嗎？只是把她當作可愛的妹妹吧？」

「可是諾娜說他們是兄妹時，他都說不出話來了。」

「貴族在五、六歲時訂下婚約並不少見，所以年齡是不成問題就是了。」

「諾娜看起來還沒有那個意思。」

「畢竟她正沉迷於玳魯．杜爾葛和小貓啊。」

「呵呵呵。」

此時，諾娜走了過來。

「媽媽，艾許和伯里學會才藝了，妳看。」

「唉呀，是什麼才藝？」

諾娜將兩隻貓放在地上，自己坐到遠一點的地方。結果兩隻小貓像在比賽一樣爬到諾娜身上，之後從後頸的衣領處拉咬出一個物品，搖搖晃晃地送到諾娜手上。

「好厲害。不過，那是什麼東西？」

「是線鋸的鋸條齒，我叫里德把斷掉的鋸條齒送給我。」

「那種東西藏在領子裡面會傷到皮膚喔。」

「我就知道妳會這樣說，所以請瓦莎替我縫了小袋子，瓦莎還問我為什麼要縫在這種地方，害我有點傷腦筋。」

「諾娜，妳為什麼要留著線鋸的殘骸？」

「這樣雙手雙腳被綁住的時候，就能切斷繩子逃脫了！」

傑佛瑞苦笑。

「諾娜，那麼自然地說自己會被別人綁住太奇怪了。」

「是啊，諾娜，我可以用更簡單的方法，妳看。」

我取出手帕，請傑佛瑞把我的手腕綁在背後，然後我將手臂轉一圈，繞到前面，接著運用牙齒解開手帕。

「啊啊啊，對喔，不必訓練牠們也能自己解決啊。」

「只有關節柔軟的人才能用這招就是了。」

「不對，嘴巴被堵住時就用不了牙齒喔。」

「啊，說得也是。」

「就是啊，媽媽，牠們果然能派上用場。」

我們一家人到底是在聊什麼？不過我覺得諾娜的點子還不賴。

嬌小的艾許和伯里轉眼間就長大了，我很意外貓咪長得這麼快，真是沒想到。

「牠們也會爬到我的肩膀嗎？」

「伯里，你爬上媽媽的肩膀。」

伯里動動鼻子，嗅嗅我身上的味道後迅速跑回諾娜身邊，艾許也一樣，諾娜看了很高興。

「牠們也不黏爸爸和克拉克少爺，只黏我。」

「妳讓克拉克少爺見過牠們了嗎？」

「嗯，我把牠們裝進籠子裡帶去克拉克少爺的宅邸，他也說牠們很可愛。」

「說起來，我也沒養過寵物呢。」

「媽媽如果也想養貓，要不要去那戶人家領養一隻？」

「呃～現在有牠們就夠了，我想養的時候再去拜託他們吧。」

「喔，我知道了。」

晚上在房裡獨處時，我看向《漫長旅程的尾聲》。至今我依然沒有碰過它，但一直擺在那裡，讓我側眼瞪著也是個負擔。

「該怎麼辦呢？」

我的聲音融入房間裡。入夜後，開始下起雨來。

我看著雨勢，想著鷗麗現在過得怎麼樣了？那個我想救她脫離苦境的少女。

傑佛瑞透過第二騎士團打聽到他們核對過了鷗麗的身分，聽說她在史巴陸茲王國竊取雇主家的物品與錢財的時候被親眼目睹，因此逃跑。

史巴陸茲王國沒有要求移交犯人，因此她會繼續服刑。

我想把鷗麗忘了，但是我知道自己忘不了。雖然內心又多了一個無法遺忘的痛苦回憶，但這也是人生。我開窗聽著雨聲，心中這樣想著。

我眺望著被雨打溼的漆黑庭院，想到培訓所的教官曾說過「人生不如意之事十之八九」。

「是真的啊，教官。」

這句話在經歷過苦痛之後，聽來更苦澀。

第十章 約拉那女士與訪客

我遲疑了幾天後，前往約拉那女士家。

諾娜與我同行，不過她馬上和蘇珊小姐消失到其他房間了，她們一定在熱烈討論梭編蕾絲或針線活的事。

「怎麼了，維多利亞？妳有什麼心事嗎？」

「我看起來有心事嗎？」

「妳是不會說謊的人，我一看就知道了。」

我的內心竄過一陣刺痛。

我這一生因為工作說過無數的謊，現在也瞞著約拉那女士很多事。

「所以是怎麼了？」

「我獲得了某個人生前寫下的東西，內容是他希望別人聽見的話。」

「是嗎？然後呢？」

「我要讀的話是讀得懂，可是又很害怕去讀，所以很猶豫。明明很猶豫，又對那本作品的內容在意得不得了。」

「維多利亞，妳在意的話就讀吧，讀過之後若是心裡很難受，就過來我這裡，我們一起分擔妳的痛苦。」

「約拉那女士……」

「我們是朋友吧？既然是朋友，不是應該同甘共苦嗎？」

約拉那女士尋求同意的笑容鼓舞了我，我打道回府。

但回家時沒有人出來迎接。

諾娜和我在約拉那女士家就分開了，她說要去伊麗莎白家。

傑佛瑞在第二騎士團。

我家只有幾個傭人，所以偶爾會發生這樣的情況。

不過往常沒人在家時，瓦莎都會事前告知我——不對，本來就不可能連廚師或打掃的年輕侍女都不在家。

我走進自己房間，照平常的習慣看向地上的爽身粉。看到爽身粉中有男性的足跡，我深呼吸並挺直腰桿。

沒有男傭會進入我的個人房間，爽身粉是傑佛瑞出門後撒的。

我將手放進口袋，伸入口袋底部開著的洞，握住纏在腿上的刀子。

進來這裡的是誰？

「妳終於回來啦？這麼晚回來，我都等不及了。」

一回過頭，就看到威爾・柴克瑞站在門邊。

「唉呀，真是稀客。」

「我是來道謝的，因為我才不想做什麼強制勞動。」

「柴克瑞先生，你看起來過得不錯。你是怎麼從收容所逃出來的？」

「喔～我還以為王家的走狗會知道呢。我在收容所縱火，呼朋引伴一起逃了出來。本來覺得就此逃跑也不錯，但又覺得傷傷妳先生的心也滿好的。」

這傢伙的武藝不怎麼樣，我自己就能……

「喔，妳不要動喔，妳要是對我出手，妳的傭人就會沒命，因為我有帶夥伴來。妳對傭人也很親切吧？」

「妳好，亞瑟夫人，我帶人來參觀這間房子了。」

「鷗麗！」

鷗麗穿著看似偷來的衣服，單手持刀笑著。

她身後還有一個露出猥瑣笑容的年輕男子，他抓著瓦莎的手站著，右手也拿著一把小刀。瓦莎嘴中被塞著口布，上半身被綁住。原來如此，是特地來復仇雪恨的啊。

我迅速探了探氣息，確定四周沒有躲太多人。

柴克瑞嘻皮笑臉地對我說：

「妳是王家的走狗吧？王家的走狗至今一再干擾我的事業，若不收拾掉一隻，我的心情……嘎！」

柴克瑞還沒說完就往前傾，差點倒下。我的刀子已經深深刺進了他的大腿。

我擲刀的同時跑過去，朝他的心窩揮出一拳。柴克瑞的身體更往前傾倒的時候，我用全身重量，往後腦勺使出肘擊。

暫且不理一聲不吭就倒下的柴克瑞，我跳到鷗麗前面，以右手手刀全力劈向她的手臂，打落刀子，接著揮出左拳打上她的腹部。她後仰倒地，失去了意識。

她身後的男子驚魂未定，我一腳踢上他的胯下，看準他在地上翻滾的時候用膝蓋攻擊腹部，讓他也昏過去。

我旋即用腰帶和繩子把柴克瑞、鷗麗與年輕男子綁起來，也幫膽怯的瓦莎解開繩子。

「夫人，非常對不起，我想跑走卻被抓住了。」

「沒關係，我想請妳幫個忙，妳去里德那裡，告訴他有強盜入侵，去找第二騎士團過來。」

「是、是是是。」

瓦莎雙腳顫抖，扶著牆壁跑走。

我看著她離去之後，急忙找起廚師和負責打掃的年輕侍女。走出房門來到樓梯，就碰見跑上樓來的廚師。廚師的制服破損，上頭沾著大量的血跡。

「夫人，妳沒事啊！」

「我沒事，你沒受傷吧？」

「不是什麼大不了的傷，大多是強盜的血。他們闖進我的廚房攻擊我。」

「然後呢？你打倒他們了嗎？」

「我先是被毆倒在地，但是很快就清醒了，之後我趁對方不注意的時候撲上去打倒對方，幸好沒被殺害。」

接著我和廚師一起到處尋找負責掃地的侍女，終於找到了。柴克瑞或許是打算賣掉年輕的她，她毫髮無傷地被綁起來，倒在洗衣處。

我回到房間，來回搧了柴克瑞幾個巴掌，讓他醒來。

「快起來。」

「唔、唔唔唔。」

柴克瑞一臉痛苦地清醒過來。

「這下就不是強制勞動那麼簡單了，你若安分守己，明明可以活下去啊。你可能以為自己很資深，但你該知道自己是個無法評估對手能力的外行人。如你所見，我不是普通人，但我也不是王家的走狗，只是個流浪狗，可惜了。」

之後我等著第二騎士團抵達，不管柴克瑞和鷗麗想說什麼都充耳不聞。鷗麗說了五花八門的藉口，但我實在沒心情理會她。

太遺憾了，無論是對諾娜還是鷗麗自己來說，真的太遺憾了。

不久後，第二騎士團抵達，並將他們帶走。跟著騎士團趕回家的傑佛瑞對鷗麗投以冰冷的眼神。

「傑佛，我希望你能在一旁看著他們接受訊問。」

「好，我會安排，妳不用擔心。」

有傑佛瑞參與其中的話，我的事不至於會洩漏出去才對。

我現在正在和瓦莎說話。

「我希望妳不要把妳看到的事說出去，也忘了我是怎麼打倒他們的。只要妳在這個家，我就會給妳很好的待遇。要保密喔，我不希望因為這件事被人說閒話。」

「是、是的，夫人，謝謝妳救了我，我這輩子都絕對不會將這件事洩漏出去的。」

我看著瓦莎的眼睛，內心有點疑惑。

還以為她會對我有所畏懼，我卻在她眼中看到了類似崇拜與尊敬的情感。

我原本打算如果她有什麼誤會就澄清一下，不過被誤會總比我多嘴，讓事情傳去別人家好，所以我還是放棄辯解了。

後來我在家中巡視，確認過沒有其他侵入者。我告訴廚師，我趁對方不注意的時候解決了他們，雖然這個說詞十分牽強，不過等有時間，我再慢慢想怎麼自圓其說。

「媽媽，我回來了。」

「歡迎回來，諾娜。」

諾娜傍晚回到家。

「今天有可疑人士入侵家裡，我抓起來交給騎士團了。」

「入侵我們家？喔～竟然選了我們家，運氣真差。」

諾娜不怎麼驚訝，只是苦笑。

我打算之後再找機會告訴她鷗麗的事。還以為她會問「是誰闖進來了？」，結果她眼睛發亮地問我「妳是用什麼招式打倒他們的？」。

「我擲刀刺進對方的大腿，接著出拳打上腹部，對後腦勺使出肘擊。」

「喔～像這樣嗎？」

諾娜作勢丟出刀子，同時衝上去從下方對對方的腹部揮出一拳，並做出肘擊的動作。

「對，就像這樣，真虧妳知道呢。」

「還好啦。原來如此～是這樣、這樣、這樣再這樣啊。嗯？奇怪？剛才有種非常熟悉的感覺，為什麼呢？」

「妳說呢？」

我說著，笑了出來。「這樣、這樣再這樣」是我第一次示範戰鬥方式給諾娜看時講的話。

傑佛瑞晚上時回到家。

「幸好我隸屬於第二騎士團，成功安排由我負責訊問這兩個人。事情都已經打點好了，不會讓多餘的消息傳出去的，妳放心。邁克也有趕過來，後面就交給他了。」

「邁克先生幫了很多忙呢。」

「安娜……」

「嗯？」

「幸好妳沒事。」

「傑佛，沒問題啦，他們的身手沒什麼好害怕的。」

「這次是這樣沒錯，但是下次未必。」

他抱住我，頭放在我的肩上長嘆一口氣。

「是我選擇相信鷗麗，才會導致這個結果，對不起。」

「不，妳以後還是可以自由選擇，之後的事就交給我來處理。」

「造成你的麻煩了。」

「沒問題的，重點是我們聘個身手矯健的男丁吧，這樣妳不在的時候也能預防發生這種事。」

「……是啊，是該聘個男丁。」

「妳可能會覺得有點委屈，但希望妳諒解。」

「傑佛，我對這種事不會有怨言的。」

如果我在森林裡沒有幫助鷗麗，就不會發生這種事了。但是當時，我無法對她見死不救，也無法把她趕回史巴陸茲王國，當時的我認為那是最好的選擇。

一切都是我的判斷，我會反省，但不會後悔。

當天晚上，我翻開埃爾默．阿奇博德的新作《漫長旅程的尾聲》，看出了暗藏於其中的密碼。

『夫妻的感情走到最後，是在與妻子的疾病奮戰。』

一開頭就是這句話，我心想：（喔喔，果然。）

我原本以為，即使他以密文的形式寫了出來，也會是不希望讓世人看到的內容。新作中暗藏著滿滿的密碼，埃爾默將自己的心境以密文的形式寫進小說中，然後藏在森林小屋裡。

這一篇密文中，深刻地寫出了埃爾默晚年的情感。

『妻子漸漸失去新的記憶，今天還很恐慌地說沒看見兒子。兒子都四十二歲了，早就結婚、離開家了，妻子卻四處尋找年少的兒子。她的記憶明天會退化到什麼程度？我很害怕入睡。』

儘管如此，卡蘿萊娜的記憶也有正常的時候，埃爾默期待著『或許會保持這樣』，但『期待總是一再落空』。

埃爾默漸漸接受了現實。

有一次，他不再想獨自煩惱，去向拓荒團教會的司祭告解。

『司祭大人，我妻子的記憶正一點一滴地消失，她慢慢地回到了過去。』

埃爾默傾訴完煩惱後，司祭溫柔地安慰他：

『你的妻子正在重返出生的時刻吧，不必悲傷，神愛潔淨的靈魂。』

經過四年的照顧，埃爾默的妻子，年近七十的卡蘿萊娜公主的靈魂變回了十幾歲的少女，她常常哭著央求埃爾默。

『我為什麼會在這裡？我想回王城，拜託讓我回去。』

『公主殿下，我們明天就回王城，我一定會帶妳回去。』

埃爾默哄了妻子好幾個小時才讓她入睡。

他抱著睡著的老妻哭泣。

『卡蘿萊娜已經沒有我們夫妻相愛的記憶了。』

（埃爾默有多孤獨難受啊！）我讀著讀著，不停擦去淚水。

『我們搭馬車前往王都，我抱著再也走不動的妻子，站在看得見王城的地方。』

卡蘿萊娜遠遠看著王城：

『謝謝，我得獎賞你，我們快去王城吧。』

她以公主的口吻說話，誤以為埃爾默是傭人。

『公主殿下，明天穿上漂亮的禮服參加舞會吧。』

『好，要幫我準備王冠喔，這樣別國王子才會注意到我。』

『好的，公主殿下如此花容月貌，所有貴公子都會拜倒在妳的裙下。』

『但願如此，謝謝你。』

卡蘿萊娜看著埃爾默微笑，閉上眼沉睡。她的呼吸在睡夢中漸漸變弱，最終胸口不再起伏。

『我抱著消瘦的妻子，癱坐在原地許久，最後我想讓妻子看著王城，直到她心滿意足。』

『妻子開始說想回王城的時候，我就賣掉家中的金礦石，買了看得見王城的那片土地，在那裡挖了妻子的墳墓並將她下葬。失去王冠的我，變成了一個平凡的老頭子。』

埃爾默·阿奇博德從組織中叛逃，與心愛的妻子共度一生。經歷漫長的幸福人生，最後在妻子身邊安息。

看著他的人生，我很難不聯想到自己，因而感到錐心之痛。

過了一段時間，等哭腫的眼睛比較舒緩後，我準備外出。

「里德，我要去約拉那女士家後面的那棟屋子。」

「後面那棟屋子嗎？是，夫人。」

那棟屋子與約拉那女士家以背相對。

之前住在這裡的是來監視我動靜的邁爾斯先生，這次出來應門的男性外表也像軍人，他說自己是查斯特，看起來年紀大概五十多歲。

「初次見面，亞瑟夫人，今天是想要『聯絡』嗎？」

「對，我找邁克先生，能夠馬上聯絡到他嗎？」

「我這就出發，要請他來這裡嗎？」

「不，請他明天早上八點到這張字條上寫的地方。」

我將字條交給查斯特先生。上面寫著兩人的墳墓位置，是我解密後得知的。

「久等了，亞瑟夫人。」

「抱歉，讓你抽空過來。」

「這裡就是卡蘿萊娜公主的墳墓嗎？」

「對。」

我們在一座很高的山丘上，穿過道路盡頭的樹林，就會抵達這個可以俯瞰王都的地方。山丘的最高處，立著四方形的白色石頭。

「這是那座火山口的石頭吧。」

「對，仔細看，能看到上面刻著他們的姓名，刻字的大概是埃爾默本人。」

「埃爾默連自己的石碑都準備好了嗎？」

「在失去卡蘿萊娜公主之後，他的餘生心心念念的似乎只有與公主同眠這件事。」

邁克先生在兩座墓碑前默禱。

「其實我們也在猜那部新作品裡有些機關，試圖破解過，但是不知道金鑰是什麼。所以解密的金鑰是什麼？」

「是『我的王冠』。」

「啊啊……原來如此。」

「對埃爾默來說，卡蘿萊娜公主才是耀眼奪目的王冠吧。」

邁克先生看向白色的墓碑。

「我還以為暢銷作《失落的王冠》的王冠，是指金礦石。」

「放在壺器中的密文很少著墨於妻子卡蘿萊娜，我心想，他都為她奉獻了一生，心情不至於那麼灑脫吧。」

我走近埃爾默的墓碑，輕輕用指尖描摹著上面的名字。

「無論從書籍還是密文中，都看得出他對妻子的愛，卻很少描寫到她。我就想他大概有什麼不想寫的事，所以得鼓起勇氣才敢讀新作品。」

「不過妳真是厲害，我的夥伴知道的話，肯定會很意外。」

「就當作解密後找到墓碑的是邁克先生吧，我也會這樣告訴巴納德老爺的。」

邁克先生雖然一直說「我怎麼有臉居功」，但最後還是向我道謝離開了。

我和在遠處等待的里德會合，前往巴納德老爺的宅邸。我沒有事先聯絡就來訪，巴納德老爺正在客廳讀書。

「怎麼了，維多利亞？今天不是來擔任助手的日子喔。」

「巴納德老爺，我是來告訴你關於埃爾默的消息的。」

「嗯？埃爾默嗎？」

我泡了一壺茶，將路途中買的烘焙點心放上盤子，然後入座。

「巴納德老爺，埃爾默的新作品中也藏有密文。」

「什麼！內容是什麼？」

我告訴他自己解密後，關於埃爾默的晚年生活。

我認為這是個悲傷的故事，巴納德老爺的回應卻出乎我的意料。

「真是幸福的男人啊。」

他說完，按著眼角陷入沉默。

「巴納德老爺？」

「啊啊，抱歉。這是鶼鰈情深的愛情故事啊，維多利亞。妳還年輕，或許不懂，這個故事記錄的是一個幸運的男子邂逅了他深愛的女子。」

「是嗎？」

「我可以理解，卡蘿萊娜早一步離世肯定讓他很寂寞，但是能疼愛妻子到妻子人生的最後一刻，他想必也是幸福的。」

「是這樣嗎？」

「能遇到好伴侶，那個人的人生就等同於圓滿了。」

（可是她把兩人之間的回憶都忘了啊。）我心想，但是我什麼都沒說。

「對妳來說，死亡也許是天人永隔，是絕望，但對我們老人而言，死亡是最後的安息之地。一想到踏上那裡就能見到妻子，我就覺得臨終並不可怕。埃爾默的餘生，一定也是把與妻子的重逢當作希望的明燈。」

埃爾默的密文在我眼裡是絕望的紀錄，現在突然感覺很溫暖，我鬆了一口氣。

「就是這樣啊，喪妻的埃爾默縱使孤寂，但並不悲情才對。他不想讓別人和孩子看到軟弱的自己，但是和漸漸遺忘自己的妻子共度兩人生活又很痛苦，他想寫下、傾訴這樣的心境，才有了最後的密文。他大概是無法停下筆的那種人，就像我也無法停止研究歷史的謎題一樣。」

巴納德老爺看向掛在牆上的夫人肖像畫，展露微笑。

「夫妻無法同生共死，不過那段等待的時間並不長。總有一天能再見到心愛的人，埃爾默的餘生一定抱持著這種想法啊。」

巴納德老爺露出爽朗的笑容，並對我一鞠躬。

「謝謝妳，維多利亞。多虧有妳，我才能得知卡蘿萊娜公主的一生，還能去她的墓地打招呼，跟她說『初次見面，我是至今研究妳超過三十年的歷史學家』。」

我的解密絕活派上用場了。

（留下他，獨自踏上旅程的夫人一定很捨不得。）看到巴納德老爺猶如少年興奮雀躍的樣子，我如此心想。比起自己的死亡，夫人大概更擔心被留下來的巴納德老爺吧。

想到這裡，我的眼淚不經意奪眶而出，讓巴納德老爺驚慌失措。

我若是變成卡蘿萊娜那種狀態，傑佛瑞肯定也會像埃爾默一樣，愛我到最後一刻。

（可是傑佛瑞很怕孤單，如果我先走了，他一定會非常寂寞，所以我想要長命百歲，讓傑佛瑞直到最後一秒都是幸福的丈夫。）

我找到了重要的目標。

只要有這個目標，即便年紀增長，即便最後只有自己被留下，我也無所畏懼。

「我好像懂了，埃爾默，你也是這樣的心情吧。」

邁克先生說他用第三騎士團的情報網調查了埃爾默的後代，因此來報告這次的調查結果。

「即便動用第三騎士團的力量，也找不到埃爾默．阿奇博德子孫的去向。七十年前出版他小說的，也不是他的小孩，是一個受到委託，在埃爾默死後幫忙處理拓荒團房屋的人。」

幾天後，邁克先生遺憾地來報告。

「用身分證去查，也查不出埃爾默兒子的下落，不知道他離開拓荒地後去了哪裡。不是所有領地的管理者都會核對遷入者的身分證並留下紀錄，很多時候都是遷入時查驗身分證就結束了。嚴待遷出者，寬對遷入者是常事。」

「不過站在王家的角度，要是找到王族和其他國家的諜報員生下的後代也會很為難吧，所以這樣或許正好。」

邁克先生神色複雜地點點頭。

「同時王家也不打算公開卡蘿萊娜公主的消息，他們會將那兩座墓碑所在的山丘地納為私有地，進行管理。」

「這樣啊，只要卡蘿萊娜公主和埃爾默的墓碑有人保護就夠了。」

「是啊，我也這樣覺得。」

晚上，我和傑佛瑞獨處的時候，關於那筆鉅款的用途，他提出一個建議。

「安娜，我對獎金的用途有一個提議，我們要不要買一間牧羊場？買土地、養羊紡紗怎麼樣？妳之前說過想要過這種日子吧？雖然繞了很大一圈，但總算可以實現妳的願望了。」

「牧羊場！我的夢想要成真了啊。」

我想像站在牧羊場中央的自己，一時之間既茫然又陶醉。

「從我離開哈格爾、改名為維多利亞的那天起，我以為自己直到晚年都無法找到安身立命的地方。赴瀋前，我縱然對你說『我想過著養羊的生活』，內心依然認為這是無法實現的夢想。」

「我從來沒有忘記過喔。」

「你還記著就讓我很驚訝了，傑佛，我好像在作夢，謝謝你。還有，其實我也有一個提議。」

我的提議是整修修道院。

「這筆鉅款是拋下過去的我，因為同樣拋下過去的埃爾默才得到的吧？既然如此，我希望把獎金用在此刻必須拋下過去生存下去的女性身上，我覺得這樣使用金幣最有意義。」

傑佛瑞笑著同意。我知道他對金錢毫無執著，但是聽到這個需要一大筆花費的提議，他仍馬上贊同說「既然這是妳的心願，就這麼辦」。

隔天起，他開始東奔西走，幫忙安排修道院的修繕計畫。

「亞瑟先生，很感謝你這麼用心，我們修好了漏水問題、修補了牆壁，床鋪也換了更好的。還買了大量的木柴準備度過寒冬，也搭建了存放木柴的小屋，這樣大家放心迎來冬天了。」

「這是我妻子的提議。」

「不，是我先生大力贊同的。」

院長像是看著什麼炫目的東西，瞇起眼微笑。

「我從兩位這樣感情要好的賢伉儷身上，能感覺到神明的庇佑。」

「謝謝稱讚。」

我們異口同聲地道謝，同時苦笑了一下。

「對了，我有個提議。如果我創設製作軟膏的工坊，住在修道院的姊妹願意來工作嗎？當然了，我會支付相對應的薪資。」

「天啊。」

院長聽到我的開價，目瞪口呆。

「這薪水比她們現在去的任何地方都高非常多。」

「是嗎？以後肯定還會有很多女性需要住處，修道院的姊妹如果能自立更生、出去租屋，其他有需要的女性就能入住了，我覺得來工坊工作是協助她們接連自力更生的好方法。」
院長雙手交握，做了簡單的默禱。
「謝謝妳，亞瑟夫人。」
「我還有一個提議，我先生在城牆外買了一大片土地給我，目前還只是一片荒地，我想從挖井、播種牧草開始，以後當作牧羊場來經營。我們計畫在那裡養羊、剔毛、染色，也會創立紡織工坊。不過這個提議是從養牧草開始，是比較長遠的規畫。」
「夫人要紡紗嗎？」
「對，我有一點相關經驗。」
傑佛瑞接著繼續說。
「這是我妻子的夢想，其實我們早該過上這樣的生活，但因為一些緣故，曾離這個夢想遠了一點，如今總算能幫她實現了。」
「希望有人對於這種工作有興趣，畢竟牧場的工作是需要體力。」
「一定有的，也有不少姊妹非常排斥接觸人群，希望『生活中可以不必見到其他人』，因為會來這裡的姊妹大多都曾經受到先生或家人殘忍的對待啊。」
我想也是。
這些姊妹會拋下一切躲進修道院，想獲得片刻的寧靜，想必都有不堪回首的過去。
接下來我們開始討論實務，由傑佛來主導。傍晚回家時，瓦莎笑著告訴我「克拉克少爺來訪了」。

年輕的孤男寡女待在二樓諾娜的房間裡，因此房門大開，這應該是瓦莎的主意。

「克拉克少爺，歡迎光臨！」

「打擾了。」

「媽媽，艾許和伯里也很親近克拉克少爺了。」

「是嗎？太好了呢，一定是因為貓咪也感覺到諾娜很信任他了。」

諾娜恍然大悟地說「原～來如此」，抱著貓的克拉克少爺則突然臉紅。

我先離開房間。我現在還不曉得介於小孩與大人之間的克拉克少爺，是怎麼看待諾娜的。

「我會頻繁進去看看的。」

聽到瓦莎這麼說，我心想（有需要操這個心嗎？），結果……

克拉克少爺離開前來找我。

「老師，我下次可以約諾娜去看歌劇嗎？」

「好啊，當然可以，克拉克少爺，諾娜就麻煩你了。」

我目送克拉克少爺離開後，準備和諾娜一起用茶，此時她好像想起了什麼般開口說：

「以前在克拉克少爺家學蘭德爾語的時候啊。」

「嗯。」

「他曾問過我：『妳長大之後願意當我的新娘嗎？』」

「……」

「媽媽？媽媽！妳的茶都倒到桌上了耶。」

「啊啊！真是的，諾娜，去拿東西來擦。」

我本來想把茶倒進杯子裡，結果剛剛我看著諾娜，把茶倒到空無一物的地方了。桌上有一灘茶水。

「諾娜，妳之前對這件事隻字未……」

「嗯，因為那時候克拉克少爺說：『在我做好萬全準備之前，不可以告訴任何人喔。』」

「但是，這終身大事妳卻瞞著我這麼多年。」

「對不起，因為去瀋國之後，我一直在想：『他是認真的嗎？』而且……」

諾娜皺起可愛的眉頭，面有難色。

「回到艾許伯里後第一次碰面時，他完全沒提起這件事，所以我就想：『啊啊，那果然是小孩子之間的約定，他已經忘掉了。』立下約定的時候他才十二歲啊，和現在的我同年，不就是小孩嗎？」

「不知道他還記不記得這個約定。說到底，妳當時是怎麼回答的？」

「我當時不太懂結婚是什麼，就回答『好啊』。不過我不知道他現在還記不記得當時的約定。」

「妳不知道嗎？他什麼都沒說？」

「嗯，什麼都沒說，所以我想我也把這件事忘掉好了。縱使他還記得那個約定，有必要現在就決定婚事嗎？我不這麼認為。」

總之當事人不在場，沒有更多判斷依據，我決定等晚上傑佛瑞回家後再提一次。

諾娜說「那是以前的約定了，沒關係啦」，但我惶惶不安，不知該如何是好。諾娜可愛到讓我不想放手，但又不可能將她留在身邊一輩子，不小心愈想愈遠。

（不不不，冷靜點，我得先跟傑佛瑞商量這件事。克拉克少爺和傑佛瑞是親戚，不能讓這件事掀起什麼波瀾。）我斥責自己，並繃緊神經。

傑佛瑞一回來，我馬上向他報告諾娜和克拉克少爺的約定。他聽了之後，歪歪頭苦笑。

「不是啊，安娜，那是小孩子的約定吧？」

「是沒錯，但我們單方面認定沒有這回事不會有問題嗎？貴族世界的習慣是什麼？婚約是父母決定的，但如果是地位較高的男子提親，呃……」

「冷靜點，安娜。」

我頻頻點頭，不斷深呼吸。

「你放心，我很冷靜。」

「那就好。」

看到傑佛瑞忍笑的樣子，我有一點惱火。

「小孩之間的約定不算是婚約，即便提出婚約的是地位較高的男子也一樣，所以諾娜和克拉克的婚約不成立，到這邊可以嗎？」

「可以。」

「克拉克如果是真心的，首先安德森家要來我們家提親，我們同意之後要提出申請，此時婚約才算正式成立。」

「……所以現在對於這個婚約完全？一點都？不用擔心？」

「對啊，不過我們好像該聽聽諾娜的想法。」

諾娜似乎正在閱讀從伊麗莎白家借來的玳魯・杜爾葛系列小說，她抱著書來到傑佛瑞房間。

「要講什麼？如果是克拉克少爺的事，我想當作沒發生過。」

「為什麼？」

「因為他是獨生子吧？他又不能入贅我們家，我嫁出去就不能保護媽媽了。」

「諾娜……」

「爸爸和媽媽都要記住喔，我要保護媽媽，所以不會出嫁的，出嫁就無法保護媽媽了。」

我的眼睛和嘴巴都在強忍，所以表情應該很猙獰，但要是不用力強忍，我怕淚水就要潰堤了。

「諾娜，聽我說。」

「我知道，我知道媽媽最珍惜我，只要我能得到幸福，妳就別無所求，但是我還是想保護媽媽。從媽媽開始教我各式各樣的防身術時，我就決定了，但其實我本來不打算說出來的。」

「諾娜……」

「我這樣做不是為了報恩之類的，不是因為妳收養了我。我想保護媽媽，就是這麼單純。我跟克拉克少爺處得很好，也很喜歡這個朋友，但是我想取消那個約定。只是我最近常常和他出雙入對的，所以覺得還是該告訴媽媽一聲，如果對方來提親的話，請幫我回絕。」

諾娜說著「我的玳魯．杜爾葛正看到精彩之處」，然後走出房間。

諾娜砰地一聲關上客廳門的瞬間，我雙手摀住臉，嘆了口氣。（我得保護諾娜，保護諾娜和傑佛瑞就是我的職責。）我之前一直都是這麼想的啊。

她是什麼時候下定決心要保護我的？所以她才那麼積極地學習濬國武術嗎？想到這裡，我就……

「小孩子瞬間就長大了呢。」

「是啊……」

「諾娜和妳一模一樣。」

「……是嗎？」

「嗯，真心想保護人的部分和妳一模一樣。」

她不需要這麼做啊，她可以忘記我，去談戀愛、結婚生子、養兒育女，過她自己的人生就好了啊。

傑佛瑞將茫然的我輕輕擁入懷中。

「安娜，我第一次看到妳那麼倉皇失措的樣子。」

這樣說起來，確實沒錯。我深呼吸回想了一下，我以前曾經如此慌張過嗎？完全想不起來了。

「是啊，以前不管發生什麼事，我都會鞭策自己說『沒時間慌張，慌張也沒用，有空驚慌不如動動腦筋』。」

「沒關係的，妳不必再那麼努力，有我和諾娜在。只要有妳陪伴，我和諾娜就很幸福了。」

「傑佛……」

我一直認為，我的人生價值與意義就是為了保護別人挺身而戰。

現在反而是傑佛和諾娜想保護我，他們對我別無所求，只要我的陪伴。

「傑佛，我好幸福。」

傑佛瑞的臉色變得很溫柔。

諾娜提起婚事之後，過了一段時間。

克拉克少爺和安德森家都沒有什麼消息，我們決定暫時靜觀其變。

畢竟對方又沒有來提親，我們總不能說出「有什麼後續嗎？」、「諾娜說想回絕」之類的話。

說到底，克拉克少爺可能忘了五年前的婚約。

此刻，我和諾娜正搭著馬車朝城牆外前進。我們聘僱的兩名護衛在家留守。

「夫人和大小姐外出時，我們怎麼能不同行。」

他們雖然提出異議，但是我和諾娜都在的時候不需要護衛，反倒想請他們保護傭人、房子與金幣。

我們買下的土地是一片荒地，從城牆搭乘馬車的車程約兩個小時，比鄰的只有農家的耕地。環顧牧場附近，看到的是一整片小麥田和蔬菜園，供給至王都的食材就是在這一帶栽培的。

牧場中正在搭建給羊群居住的羊舍，紡紗廠兼住所也還在建蓋。遠遠可以看到一群人在搭圍欄，避兔羊群闖進附近的耕地。

馬匹在牧場中央拉著耕耘機，緩緩前進，跟在後面的人像在播牧草的種子。

挖井工匠注意到我時對我鞠躬，我和諾娜一靠近，他就脫下帽子敬禮。

「能挖到井水嗎？」

「會挖到的，一定會，因為艾許伯里的地下水很豐沛啊。」

「希望會挖到美味又冰涼的井水～」

「那就讓大小姐第一個來試喝吧。」

「好，我很期待！」

荒地的風相當宜人。

「這麼得天獨厚的環境，讓人又喜又怕啊，諾娜。」

「這裡的一切步調都好慢喔，真想乾脆住下來，媽媽。」

「是啊，我也是。」

我曾以為自己只能過著居無定所的生活，結婚更是想都不要想。驀然回神，我的懷裡已滿是寶藏。

「非社交季時來這裡住好像也不錯。」

「好耶！又可以跟小羊玩了。」

「我想嘗試紡紗和染色。」

我們聊完之後，往南區前進。

我要去探訪那間舊書租書店，薩赫洛先生好像把原本的老闆找回來了。

「嗯，就交給我吧，我很會找人。」

他這麼說，而且真的一轉眼就找到了。

「柴克瑞舊書店」的招牌換成了「山卓舊書坊」，窗外的遮光布簾已經拆除，窗內掛著白色的透光窗簾。

我們進門時響起鈴鈴的門鈴聲，櫃檯裡有一個感覺很文靜的老人在看書。

店內乍看之下與柴克瑞舊書店並無不同，我直走向那個上鎖的玻璃門書櫃，裡面有一本我沒看過書名的書。

「冒昧請問，妳是亞瑟子爵夫人嗎？」

「對，我就是。」

男子對我深深一鞠躬。

「很感謝妳幫我討回這間店，當時我的房產、事業兩頭空，還心灰意冷地以為自己只能孤伶伶地曝屍荒野了。多虧夫人，我才能又找回以前的生活。」

「不會，不敢當，我只是通報了第二騎士團而已。」

「不，我聽薩赫洛先生說過來龍去脈了，真的很謝謝妳。」

此時，諾娜拿了兩本玳魯·杜爾葛的書過來。

「媽媽，可以買這兩本嗎？」

「好啊。」

「大小姐，這是我的一點心意，請讓我把玳魯．杜爾葛全套贈送給兩位。這是我唯一能做的，請不要見怪。」

接著我和老闆來來回回地講了好幾次「這可不行」和「不，這是我的一點心意」，最後我們還是收下了全套書籍。

玳魯．杜爾葛系列相當熱門，我們把全套二十三集帶回家。

「媽媽，好棒喔！超級賺的！」

「諾娜，不要講賺不賺的，很低級。」

「這樣啊，原來打跑壞蛋就可以得到這些東西啊。」

「諾娜！」

「我知道，開個玩笑嘛。」

那一天，諾娜一直在看書，表情就像舔奶油的貓咪一樣陶醉，但晚上克拉克少爺來訪後，我們家的氣氛瞬間改變。

我還來不及制止，諾娜就對他說：

「對了，以前的那個約定可以作廢吧？結婚的那個。」

她這麼說，克拉克少爺愣在原地。

「看到從潘國回來的妳，我就感覺妳會這樣說了，嗯，是預料之中。好，我知道了，那個約定就作廢吧。」

克拉克少爺這麼說完，喝下我泡的茶，也吃了廚師烤的點心後。

「老師，我今晚先告辭了。諾娜，之前約好要去看歌劇，不要忘了喔。」

對於求婚被拒一事他似乎毫不在意，就這樣離開了。

「他好灑脫喔。」

「對吧？我就說了，那是小孩子懵懵懂懂、臨時起意做出的約定啦。」

「我還那麼手足無措，真是太可笑了。克拉克少爺是我最愛的可愛學生，但是我實在無法想像你們結婚的樣子。啊，不過妳自己決定就好，不用管我喔。」

「是是是。」

晚上，傑佛瑞從第二騎士團回家後，我提起這件事。

「啊～該怎麼說呢？他一定還沒死心。他只是認為現在爭這個，諾娜會固執己見，所以先退一步吧。」

他苦笑。

「……什麼意思？」

「我媽媽的哥哥是巴納德舅舅；哥哥艾德華在檔案管理部滴水不漏地管理著所有資料，還是制度維安管理部的部長。這個部門要耐住性子，監督所有人是否都有遵守繁瑣的規定。而我，從來沒有放棄過妳。克拉克也是費雪家愛瓦的小孩，而費雪家的人不會輕言放棄。」

「呃……嗯，反正我現在放下心中的大石頭了，只要諾娜能自由自在地度過人生就好。」

沒錯，克拉克少爺是有為青年，突然聽到婚約兩個字，我是很驚慌沒錯，但若是諾娜改變心意，這也是一樁大好喜事啊。

「總會有辦法的。」

「嗯，輪不到我們操心。爵位是我意外的收穫，我既不戀棧，也不打算強迫諾娜繼承子爵家。話說回來，牧場怎麼樣了？」

「我們去看過了！我老了之後，想在那裡以紡紗度日。」

「真好，而我會是牧羊人，我們可以在那裡白頭偕老。」

我踮起腳尖，輕輕撫摸傑佛瑞的頭髮。

「不管你是老了還是把我忘了，我都會讓你是個幸福的丈夫，直到最後一刻。」

「那是什麼意思？」

「沒什麼，就是我的目標。」

我用盡全力緊緊抱住傑佛瑞高大的身體，然後在他耳邊呢喃：

「傑佛瑞．亞瑟，你是我耀眼奪目的王冠。」

我不清楚我們能長相廝守到何年何月，但是我對他的愛直到最後一刻都堅定不渝。

尾聲 亞瑟子爵家的宴會

「傑佛啊，諾娜受邀去過很多人家，我們也不能完全不辦茶會吧。」

「嗯，這麼說也是。」

「所以我想分成三次舉辦，這樣應該可以招待到諾娜之前參加過的所有人家的小姐。」

「分三次嗎？我覺得辦一場盛大的會比較單純。」

「是嗎？那我問問看諾娜的意見。」

我一問，諾娜毫不遲疑地回答。

「辦一場大的！」

「但妳不是參加過很多場，有些沒有寄來邀請函的，妳也以伊麗莎白小姐朋友的身分出席過吧？妳有辦法把去過的地方毫無遺漏地說出來嗎？」

「我是說不出來，但是問伊麗莎白就知道了喔，不管邀請人是誰、當時出席者有誰，她全都寫在筆記本裡。」

「唉呀，太好了。」

「伊麗莎白家家財萬貫的，做事卻很愛斤斤計較。」

「別這麼說，這樣講自己重要的朋友很不厚道喔。」

「沒關係啦，她自己也常常說麥格瑞伯爵家的特色就是斤斤計較、小家子氣啊。」

「……」

我最近非常理解諾娜為什麼能和伊麗莎白小姐成為朋友了。

我一開始以為她是個趾高氣昂，來往時需要慎重其事的千金小姐，實際上並非如此。她很聰明伶俐，不但有幽默感，也能以客觀的角度審視自己、家人或家世。

她只是講話比較口無遮攔，容易引起誤會，我覺得她這樣的個性也滿可愛的。

隔天，伊麗莎白大小姐應諾娜的邀請，來我家作客。她小心翼翼地揣著一個胭脂紅的薄皮包。

「諾娜小姐，妳真有眼光，宴會或茶會的紀錄，只要問我就能了解得清清楚楚的！」

「嗯，我記得妳很勤奮地連姓名、料理和裝飾都記了下來，靠妳了。」

「包在我身上。」

興致勃勃的伊麗莎白小姐臉頰微紅，我想她可能不太習慣諾娜這樣稱讚她。

當天傑佛瑞碰巧也在家，我們一起看了她的筆記本，然後啞口無言。

筆記本上井然有序地記錄著下列事項。

一　時間（開始、結束）

二　主辦千金或公子的姓名和年齡、父母的爵位

三　人數、桌數、全體來賓人數

四　菜色
五　裝飾的花種
六　來賓姓名
七　當天主要的話題

「這是……」
「好詳細。」
「家母都笑說這簡直是調查報告書了。」
「就是啊。」
「伊麗莎白，妳是什麼時候寫下這個的？」
「茶會結束，回家之後馬上寫啊，諾娜小姐，畢竟時間一久就會忘記了。」
傑佛瑞露出苦瓜臉。
「傑佛，怎麼了？」
「伊麗莎白小姐，諾娜出席了這上面的所有活動嗎？」
「我和諾娜小姐同行的有加上花朵記號，是昨晚加上去的。」
「維多利亞，光是這樣看起來，我們得招待將近三十人啊。」
「唉呀。」

我趕緊細數這些可愛的花有幾朵。花朵記號總共二十八個。

「這會是場很盛大的宴會呢。諾娜，我知道妳很努力參加茶會，但什麼時候參加過這麼多場了？這下子，我們家要是不設宴，的確很失禮。」

「大多都是伊麗莎白拉我去的喔。」

「唉呀，諾娜小姐真是的，怎麼講得這麼絕情。」

「伊麗莎白小姐，我構思菜色的時候，可以借用妳的筆記當作參考嗎？」

「好啊，想借多久都可以。」

我和諾娜還詢問了約拉那女士和布蕾斯嫂嫂的建議，最後決定好菜色、寄出邀請函、構思場地要如何布置。

今天就是宴客當天，率先來場的是克拉克少爺。

「諾娜，今天謝謝妳的邀請。」

「克拉克少爺多禮了，你搶頭香呢。」

「嗯，我無論如何都想搶到。」

他露出天真的笑容這麼說完，拿出知名甜點店的烘焙點心禮盒送給諾娜：「這個給妳。」

「哇，是熱門店家的烘焙點心！克拉克少爺，我一直很想吃吃看，謝謝你。」

「嗯，我記得妳講過。」

「你還記得啊？」

「當然啊。」

「謝謝，好開心！」

諾娜說著，連同克拉克的雙手，將點心盒捧在手中道謝，然後接過點心盒。

「媽媽，妳看，這是我之前說想吃的點心喔！」

「太好了。」

我回話的時候，雙頰緋紅的克拉克少爺仍面帶微笑，眼睛都沒有離開她。真抱歉，克拉克少爺，諾娜不是有意要握住你的手的，不知該說她是年幼還是粗手粗腳，總之她就是這種個性。

我在內心打圓場的時候，馬車陸陸續續抵達。

許多盛裝打扮的千金小姐與公子走下馬車，他們一邊參觀我家庭院、欣賞宅邸，一邊走向玄關。

我寄出的邀請函總共二十八封，受邀賓客可以攜伴一名，就像諾娜受伊莉莎白小姐的邀請、陪同出席一樣。攜伴人數也要計算，而回覆要出席的人總計三十八位，是一場盛大的茶會。

雖然諾娜說「這樣可以一勞永逸」，不過我家負責籌備的傭人應該忙得人仰馬翻。

我們動用可以辦晚宴的大廳堂，買齊了桌子、椅子和餐具，裡裡外外都打理得盡善盡美。主廚這一個星期為了準備，忙得不可開交，我送些什麼慰勞他吧。不，給個特別加給，他可能更高興。

茶會從諾娜很有淑女氣質的致詞開始，活動進行得很順利。

我在暗中默默觀察，瓦莎和其他傭人都勤奮地工作又不失優雅，到散會前都沒發生任何問題。

在我差不多要結束茶會的時候，我聽到了那一個話題。

那時候，桌上的輕食和點心幾乎都進了與會來賓的肚子裡。

某位少年滿大聲地說：

「諾娜小姐，下次我們騎馬出遠門怎麼樣？妳會騎馬嗎？」

「騎馬？」

熱愛騎馬的諾娜眼睛閃閃發亮，正打算回覆的時候，伊麗莎白小姐打斷了她。

「唉呀，你是明知諾娜小姐是平民還提出這個邀約的嗎？是不是有點思慮不周呢？」

「啊，伊麗莎白，其實我……」

「不，諾娜小姐，這邊交給我吧。」

少年相當惶恐。

「非常抱歉，諾娜小姐，是我沒注意到。」

「不是，不會啦，我會……」

諾娜的話再度被打斷，這次是克拉克少爺。事情會怎麼發展呢？

「抱歉，韓翠奇，我已經跟諾娜小姐約好要騎馬出遠門了。」

克拉克少爺的語氣十分強勢，現場一片安靜。

（克拉克少爺，諾娜不會出遠門一次就少一塊肉，她可以多約幾次啊。）我看得心驚膽戰。

他們後面有幾個少年低著頭憋笑，其他來賓注意到這個情景，也在竊竊私語。我聽不到少年們的聲音，決定讀讀他們的唇語。

『出現了，諾娜大小姐的看門犬。』

『我們根本沒辦法靠近諾娜小姐，韓翠奇是還沒發現吧。』

『我只是在其他茶會上跟她講幾句話，就被克拉克瞪了。』

『你不是唯一一個。』

『既然那麼緊張，就快點跟諾娜小姐訂婚啊。』

『就是啊。』

（克拉克少爺正腳踏實地從外患下手啊。）我不禁心跳加速。

諾娜的個性愛恨分明，不管克拉克少爺解決多少外患，她若是不高興一定會直話直說，所以我和傑佛瑞才會決定靜觀其變。

我繼續觀察那群少年，看到其他少年加入對話。他講出了克拉克的名字，因此我決定讀他的唇語。

『克拉克的父親是外務大臣，他以後也會當外務大臣吧？不太想被他瞪啊。』

『我其實問過他這件事，我說你以後會當外務大臣吧？結果他馬上說不是。』

『咦？不當外務大臣？他還能當更高的官嗎？』

『有啊，你仔細想想。』

『比外務大臣更高……難道他看中的是宰相的位子？』

『我是這樣想的。』

那群少年陷入了短暫的沉默。

『有可能，資深文官說過他精通附近所有國家的語言，不是只有隻字片語喔，他能和當地人流暢地溝通。而且，他對於法律和歷史也瞭若指掌。』

所有人再次沉默。

『很少人才十八歲就這麼野心勃勃的，再過個三十年，說不定就是克拉克·安德森宰相了。』

『野心和努力可以維持三十年嗎？』

『他那樣的個性才有辦法維持吧？』

『該說是頑強還是什麼呢？』

『我不想與他為敵。』

『我也是。』

茶會結束後，所有來賓都離開了我們家。

傑佛瑞也收工回家之後，我們一家人開始聊天。

「謝謝媽媽，我今天玩得很開心。」

「那就好。對了，諾娜，妳有跟克拉克少爺約好要出遠門嗎？」

「沒有，沒有約，可是在當下回嘴感覺會讓他很難堪，所以我沒直說。」

「妳長大了呢，諾娜。」

「是嗎？這不是應該的嗎？」

「沒那回事，懂得為他人著想，就代表妳可以獨當一面了。」

「嘿嘿嘿。」

順帶一提，諾娜的馬術十分高明，我們逃出蘭德爾王國、在牧場生活的時期，我向牧場主人借馬，紮實地訓練過她。

諾娜不但能讓馬匹全力奔馳，也可以騎馬跨越非常高的障礙物和寬溝渠，她還能在策馬奔馳時，跳到並肩奔馳的我的馬背上。

這種馬術的難度，不是貴族千金驅使馬優雅行走可以比擬的。

好了，諾娜會在克拉克少爺面前展現她的能耐嗎？還是要到緊要關頭才會鬆口呢？

無論如何，加油啊，克拉克少爺，我支持你。

書籍限定
特別的番外篇

番外篇 少年與母親

故事發生在一百多年前。

有一對夫妻在這個國家的某個聚落裡，經營一間小店。先生叫埃爾默，妻子叫薇萊特，他們膝下育有一子，叫傑克。

「媽媽！媽媽！」

「怎麼了？不要喊得那麼大聲。」

「服飾店的巴伯說要和他爸爸一起去王都！好好喔，我也想去王都看看。媽媽去過嗎？」

「……有。」

「咦？有嗎？王都是什麼樣的地方？」

「就很熱鬧，有很多人和店家。」

「還有呢？」

「我不是很熟悉王都，抱歉啊。」

「我也想去，而且聽說王都的祭典很盛大，好想見識一下啊。」

「媽媽我沒去過祭典，不太清楚是什麼情況。」

「喔。」

傑克不再繼續追問。

只要談及來到拓荒地之前的事，父母總是會巧妙地轉移話題，大概有什麼不想說的事吧。

母親在簡陋的木椅上做針線活，她體型纖細，不太能做粗工，不過她很勤奮地做家事和招待客人。

父親是認真的工作狂，而且真的很重視母親。傑克的朋友會開玩笑地說：「傑克的爸媽永遠都像新婚燕爾的樣子呢。」傑克最喜歡感情融洽的他們。

「媽媽，妳不會想去王都嗎？一直在這種鄉下地方過日子，不無聊嗎？」

「傑克，媽媽覺得能跟爸爸在這裡生活，每天都像身在天堂喔，我也很愛這片土地。到森林裡散步、去河邊釣魚、撿拾胡桃和橡實來做菜都好玩極了，一點都不會厭倦。而且傑克，我能在這裡生你、養你，我都無法用言語來表達我多麼喜悅了。」

母親總是把理所當然的小事講成天大的幸福。每次聽到這些話，他都覺得她在婚前一定過得很苦，讓人心疼。

「我長大之後想在更大的城鎮工作，最好是在王都或者某個大城鎮，我想看看遼闊的世界。可是我不在的話，爸爸媽媽會很寂寞吧？」

傑克母親露出不置可否的笑容，開始思考。

過了一段時間，在傑克都忘記自己問過什麼問題的時候，母親終於找到了答案。

「你就去你想去的地方吧，人生不能重來，你就去你想去的地方、看你想看的景色，與心愛的人共組家庭，自由地活下去就好。」

「但是你們老了之後呢？我是獨生子啊，你們要怎麼辦？」

「你放心，不管我們誰先離世，都會相約在天庭聚首。無論天庭多大，我一定會找到他，他也一定會找到我。我們會繼續相愛地過日子，所以你不用掛念。」

「媽媽真的很愛爸爸呢。」

傑克母親高興地笑著，繼續修補先生的工作服。

「對啊，媽媽很愛你爸爸喔。對我來說，他就像神一樣無所不能，無所不會，又善良又聰明又有能力，能嫁給這麼完美的人，是我的幸福。」

「好好好，我知道了。」

傑克滿心詫異。父親是很勤勞又可靠，但是相貌平凡；而母親即便穿著廉價褪色的衣服，也一樣美麗耀眼。如果母親住在王都，一定能與更富有的人成婚，過得比現在更好吧？

與此同時，他聽到朋友提起關係惡劣的父母，（幸好我爸媽感情融洽。）他心想。

十年後。

二十二歲的傑克成婚後，與妻子一起離開聚落。

在駛往目的地的共乘馬車上，傑克想起父親最後的叮嚀。

『聽好了，傑克，你最好別再回來了。你不必惦記我們，爸爸媽媽會和這裡的居民互相幫助生活下去，所以你也要全力挑戰自己的人生。』

「太誇張了，什麼全力挑戰自己的人生。」

他對新婚妻子這樣說，並打開母親給他的便當布包。

「喔，是烤鹿肉。哇，水煮蛋有四顆耶，這個是夾著野梅果醬的白吐司。媽媽真是的，讓我們帶這麼奢侈的便當。」

傑克的年輕妻子聽了，露出微笑。

「我最喜歡吃婆婆的烤鹿肉了。傑克，我們也要像公公婆婆一樣，做一對相敬如賓的夫妻喔，我一直覺得你爸媽是對佳偶。」

「嗯，我爸媽不管過了多少年，感情都很好，簡直跟新婚夫妻一樣，我也想變成他們那樣。」

馬車載著兩位新人往王都前進。

後來，傑克每年都會寄信回老家一次，但是父親埃爾默總是回信說『不必擔心我和薇萊特，你不必回來，保護好家人，全家好好相處』。

番外篇

里德的日常

車夫里德離鄉背井之後，一直在大型商會負責照顧馬匹，商會也會將馬具出貨至王城。

後來商會主人因為家庭因素而退休，商會就讓其他同業商會接手，但有半數傭人遭到解僱，里德也失去了工作。

里德死命尋找下一個工作，但是每一個商會都已經有人負責照顧馬匹了，他自然找不到工作。顧馬的工作通常是子承父業，即便要僱用新人，大多都會從父輩的人脈聘僱人員。

在王都幾乎沒有門路的里德已經走頭無路。

就在這個時候，來問他「要不要在貴族家工作」的正是邁克。邁克當時的職稱是「檔案管理部副部長」。

「真的嗎？我求之不得，太感激了。」

「我之前經過你工作的商會附近時，每次都覺得你是個認真勤勞的人。」

「謝謝你！」

里德的長處就是勤奮與健康，他毫不遲疑地接受了邁克的邀請。

邁克為里德引見艾德華．亞瑟。里德聽說艾德華的身分是伯爵，大吃一驚。

「是伯爵嗎？我對貴族一無所知，我能夠勝任嗎？」

「不，我不是要請你來我家幫忙，而是去我弟弟那裡。他即將成為子爵，準備從國外回來，因此完全沒有傭人以及車夫。」

「是這樣啊。」

「我弟媳和弟弟都是很好相處的人，你放心吧。」

「我知道了，那麼請多多指教，我會努力的。」

就這樣，里德成為了傑佛瑞．亞瑟子爵家的車夫。

亞瑟子爵家的待遇相當優渥，工作內容是照料四匹馬、整理馬廄、子爵家有人要搭馬車外出時擔任車夫。

貴族通常都對平民很苛刻，但是老爺、夫人和大小姐都十分和氣，也很熟悉馬匹，不會提出過分的要求。而且聽說老爺以前是第二騎士團的團長，難怪他的體格這麼精壯，里德可以理解。

「被介紹到一個很好的職場了呢。」

里德單純感到喜悅，至少在那一趟旅行之前都是如此。

老爺他們說「在國外工作了五年，要去家族旅遊喘口氣」，他也一起同行，但首先，令他意外的是大小姐和夫人的武藝都很高強。在旅途中第一次見識到的時候，他真的嘴巴都闔不起來。

夫人和大小姐練武時動作靈活，堪比軍人。

（咦？這是怎麼一回事？）他看得目瞪口呆時，老爺向他解釋：「我的妻女都在瀋國學了武術。」

聽說他們一家去了瀋國五年，才短短的五年，女人和孩子真的能學到那麼精湛的本領嗎？

但是里德不想丟掉工作，（不不不，不要多想。）他如此心想，默默點頭。

很不幸地，他們在旅途中遇到一群揮舞斧頭和柴刀的大力士襲擊。

他們正圍著營火吃晚餐時，老爺說：「附近出現了可疑份子，人數大概是四、五人，推測是壯碩高大的男人，恐怕也持有武器。」

他在內心佩服，老爺沒看到人也知道人數和體型，不愧是第二騎士團的團長。

不過，真正讓他驚訝的是後來的戰鬥場面。

那麼纖瘦的夫人，輕輕鬆鬆就把體重是自己兩倍的男子們打趴在地。大小姐和自己一起躲進屋子裡看他們打鬥，不過她貼在窗上看著外面，還不斷吃著烤肉，沒有一絲恐懼，里德實在不懂這是怎麼一回事。

（竟然能看著這種場面吃肉，她的食欲是怎麼了？）里德震驚不已。陪同這一家人出遊，真是驚訝連連。

（這一家人到底是何方神聖？）

里德半路上開始畏懼起這神祕的一家人，不過老爺、夫人和大小姐仍然很善待他。

（這一家人該不會十分不得了吧？）人都是會習慣的生物，前半段的旅程中，他還提心吊膽地如此心想，不過後來對於這個神奇的一家人，他漸漸不再感到意外了。

充滿驚奇的旅程結束後，他們回到王都。

返回王都後，邁克常常在里德休假時邀他去吃飯。

邁克總是請他喝酒吃飯，對沒有對象的里德來說，他一直很期待邁克的邀約。

邁克很善於傾聽，會興致盎然地聽里德聊工作，感覺很好相處。

他時而讚嘆：「哇，照顧馬也要做這種事啊，專家的知識果然很豐富。」時而誇讚：「你認真又勤勞，把你介紹給伯爵，我臉上也有光。」

旅行回來之後，邁克也為他準備上好的酒，勸他多喝點，並說：「辛苦你了，陪他們去一趟長途旅行。有沒有什麼好玩的事？」

「我是個傭人，不方便在外面洩漏主人的隱私。」

「不是吧，亞瑟家沒什麼不可向外人道的事吧？聽說子爵相當勤勞，夫妻感情也如膠似漆。」

「對，那當然，他們感情好到我看了都會臉紅！是我驕傲的主人！旅途中還發生過這樣的事……」

里德受到自己點不起的美酒誘惑，口風愈來愈鬆。

他說了夫人和女兒在旅途中練武，但身手矯健到令人害怕，感覺武藝相當精湛，也說林業工會的男人們襲擊他們時，夫妻倆一轉眼就打倒了敵人，那些男人栽培的紅花菱草園則被警備隊放火燒毀。

「就跟冒險小說一樣呢！」

「就是啊，我是在所向無敵的一家人底下工作的。對了對了，還有一件事。」

里德說他載夫人搭馬車出門，回家時發現有強盜入侵。

「強盜在我照顧馬時就被打倒了，瓦莎跑來跟我說『快去叫警備隊！』時，我才知道大事不妙，真的動作安靜又快速！雖然夫人說她是和廚師一起解決強盜的，但是我覺得打倒強盜的一定是夫人，她真的很厲害。」

「喔喔喔！真的跟小說一樣。夫人常常外出嗎？她喜歡什麼樣的店？有沒有常去的店家？」

「夫人不太社交的。啊，不過她每星期會去酒吧一次，每次都快去快回，不會待超過一小時，我都敬佩她是很有酒品的人，而且那是間很平民的店家。」

「貴族夫人去的平民酒吧啊？我也想去看看，那是什麼樣的店啊？」

「要不要現在過去？我為你帶路，邁克先生。」

於是里德和邁克造訪了「烏灰鶇」，里德也是第一次入店。

烏灰鶇乍看之下是普通的平民酒吧，不過邁克似乎很喜歡，他連聲誇讚「好棒的店」，介紹這間店給他的里德也很高興。

老闆留著一頭黑髮，感覺發起脾氣會很可怕，沉默寡言但待人和善。「這是今天推薦的小菜。」他端出來的是自製的培根，煎得香香脆脆，非常好吃。

「里德，今晚謝謝你，我喝得很盡興。」

「不會，我才要謝謝你的招待。」

邁克看著里德快樂離去的背影，露出微笑。擔心弟弟的艾德華吩咐邁克：「你幫我注意一下有沒有危險人物接近他們一家人，點到為止就好。」邁克自己也很好奇曾是其他國家王牌諜報員的維多利亞，如今過著什麼樣的生活。

「兩三下就解決了林業工會的一群壯漢啊？她是做得到。除了發現金礦脈之外還這樣大展身手，現在聽到這種事，我也不會感到意外了。」

他說完，扭頭看向身後的店家。

「維多利亞小姐喜歡這類的店嗎？而且竟然都是隻身前來，真虧亞瑟閣下這個寵妻魔人這麼大度。不過，我有點在意那個老闆，他肯定不單純是普通酒吧的老闆，改天找時間查查看吧。」

邁克說完便打道回府。

番外篇

布蕾斯・亞瑟的日常

艾德華・亞瑟是布蕾斯的先生，除了「制度維安管理部」之外，還擔任兩個部門的部長，總共身兼三個部門首長的他總是很忙碌。

不過艾德華無論再忙，都不會忘記心平氣和。成婚至今，布蕾斯從沒見過丈夫情緒激動的樣子。

他單身的時候，有些千金小姐認為「他總是很冷靜，不知道在想什麼」，不過布蕾斯並不苟同。她覺得他隨時都彬彬有禮，在晚宴上碰面時，對布蕾斯的態度都十分慎重。

接受艾德華的提親時，布蕾斯不以為意地問過：

「請問你是看上我的什麼地方？」

艾德華回答：

「最大的理由就是我喜歡妳的人品，還有，因為妳是在夫妻感情融洽的家中長大的。」

現在回想起來，她也很意外艾德華會知道自己的家庭背景。

她父親在外都對母親裝出一副氣焰高漲的樣子，母親也不太愛交際。只有極少數的傭人、自己和姊姊才知道父母感情多好，艾德華是從何得知的？

訂婚期間結束，終於要成婚的時候，布蕾斯第一次聽艾德華談及背上的傷。他展現給她看的傷痕觸目驚心，令她驚訝得說不出話來。

「家父動不動就感情用事，這是他用馬鞭打出來的傷痕。」

艾德華的語氣平穩，然而布蕾斯想到他的少年時代就心疼不已，眼淚忍不住奪眶而出，艾德華還安慰她。

布蕾斯是在愛中成長，養育她的父母也如膠似漆，她的舉止自然會以他們為楷模。她會不經意地體貼先生、孝敬婆婆，而先生會感謝、稱讚她，毫無例外。（我在家都是這樣做的。）她心想。

不知道他說過多少次「我真的很慶幸能和妳成婚」。

布蕾斯才覺得「真的很慶幸能和你成婚」。

布蕾斯和艾德華育有一女。

考慮到繼承人問題，最好是把女兒留在家裡招贅，先生卻說不必。女婿是先生找來的，他選擇女婿的理由是「那個家庭很和平，夫妻感情也十分圓滿」。

亞瑟伯爵家決定，女兒出嫁後若是生下超過兩個小孩，要過繼一個回來當繼承人。幸好女兒生了二男一女，亞瑟家沒有絕後的擔憂。

某一天，布蕾斯坐在馬車上時看到一個曾見過的女性，是朋友家的侍女。朋友因為流行性感冒，年紀輕輕就離世了，她丈夫最近也因心臟病病逝，那名侍女曾被吩咐送花過來，所以布蕾斯記得很清楚。

「停下馬車，把那個女性帶過來。」

她對自己的侍女下令，將人帶過來一問，果不其然就是朋友家的侍女。

「布蕾斯夫人，好久不見了，我是瓦莎。」

「瓦莎，妳現在在做什麼？我看到妳從職業仲介所走出來。」

「其實老爺過世、長男成為當家之後，老一輩的傭人大多都被解僱了。」

「唉呀，妳不是服務很久了嗎？」

「對，我以前是侍女長。」

布蕾斯沉吟了一會兒。

「我或許有辦法幫助妳，妳現在住哪裡？這樣啊，妳住在旅館啊。我有一些機會，妳在旅館等我消息。」

「布蕾斯夫人，很感謝妳的幫忙，但妳為什麼要對我那麼親切呢？」

「妳是我朋友很重視的侍女啊，我要是棄妳於不顧，上了天庭會被朋友罵的。」

瓦莎十分感激笑容和藹的布蕾斯，頻頻道謝。

布蕾斯將這件事告訴艾德華。

「我想幫她找個好工作。」

「好，這樣正好，不如請她去傑佛瑞家工作吧？」

「咦？可以嗎？你又還沒見過瓦莎。」

艾德華聽了，露出平時的沉穩笑容。

「我相信妳看人的眼光，既然妳想幫助她，我就可以放心地把弟弟一家交給她。」

布蕾斯既感激又訝異，沒想到先生對自己信賴有加。

儘管艾德華總是忙於工作，夫妻沒有什麼時間相處，布蕾斯仍舊慶幸自己與艾德華成婚。因為他總是把布蕾斯當成一個「人」尊重，並且珍惜她。

瓦莎就這樣就被維多利亞一家聘為侍女。

瓦莎在新職場認真老實地工作，某一天強盜入侵，讓她發現了夫人意想不到的祕密，但這些都是後話了。

27歲
維多利亞
DESIGN

CHARACTER
32歳

諾娜

6歲

DESIGN

CHARACTER
12歳

傑佛瑞
37歲
32歲
DESIGN

CHARACTER
18歲
12歲
克拉克

巴納德
艾德華
DESIGN

CHARACTER
邁克
喜多力克
薩赫洛

其他提案特別大公開!!

第一集封面插畫

Pattern 02

國家圖書館出版品預行編目資料

奇招百出的維多利亞/守雨作；陳幼雯譯. -- 初版. --
臺北市：臺灣角川股份有限公司, 2023.11-
冊；　公分. -- (Kadokawa fantastic novels)
譯自：手札が多めのビクトリア
ISBN 978-626-378-167-2(第2冊：平裝)

861.57　　112015448

Kadokawa
Fantastic
Novels

奇招百出的維多利亞 2

（原著名：手札が多めのビクトリア2）

2023年11月15日　初版第1刷發行

作　者：守雨
插　畫：藤実なんな
譯　者：陳幼雯

發行人：岩崎剛人
總編輯：蔡佩芬
編　輯：黎夢萍
美術設計：黃永漢
印　務：李明修（主任）、張加恩（主任）、張凱棋

發行所：台灣角川股份有限公司
地　址：104台北市中山區松江路223號3樓
電　話：（02）2515-3000
傳　真：（02）2515-0033
網　址：www.kadokawa.com.tw
劃撥帳戶：台灣角川股份有限公司
劃撥帳號：19487412
法律顧問：有澤法律事務所
製　版：尚騰印刷事業有限公司
ISBN：978-626-378-167-2